光文社文庫

ビコーズ
新装版

佐藤正午

光　文　社

目次

ビコーズ

プロローグ

「あんたはいつも片眼を閉じてるから駄目なのよ」

と、よく叔母は言った。

「片眼を閉じてるから、世の中の半分しかまともに見えてないんだよ」

しかしもちろん、ぼくはいつも片眼を閉じて生活しているわけではない。叔母がぼくを見るたびに腕組みをし、ためいきと一緒に口にする決り文句は、だから軽い皮肉を含んだ比喩《ひゆ》なのである。つまり叔母は、ぼくのこれまでの人生における失敗を、とくに女性問題に関する数々の失敗を、文芸批評家がぼくの小説を扱うとき必ず欠けている洗練されたレトリックとイマジネーションを用《もち》いて上手に批評してくれている。あるいは同情してくれている。あるいは共感してくれている。叔母はしめくくりの文句としてよくこう言った。

「あんたはまちがいなく、あたしの甥《おい》ってことだねえ」

＊

叔母は三人姉妹の末っ子である。その二人いる姉のうち、上の方の長男として、ぼくは昭和三十年に生れた。叔母がたぶん十六歳か十七歳のときになる。はっきりしたことは本人からも誰からも聞かされていないから判《わか》らないけれど、叔母以外の身内の女たちからこれまでに少しずつ手に入れた情報によると（祖母や母やもう一人の叔母のあけすけな陰口、電話での噂話、意味ありげな目くばせなどを考え合せると）、叔母はちょうどぼくが生れたころ、見習いの看護婦として青春の入口に立ち、男性問題に関する数々の失敗の最初の一つに取りかかろうとしていた。

ぼくの幼年時代の記憶のなかに、叔母は最も気前のいい大人として残っている。昭和三十年代にぼくは、たいていの老人と子供がそうであるように甘い物を好んだけれど、板チョコを一枚まるごとくれたのは彼女だけだった。ぼくの両親は、チョコレートに限らず子供の食べ物に無関心であったし、同居していた祖母は、いろんな菓子を買いだめしたなかから気が向けばほんの一かけらを孫に分ける程度だったと思う。ところが若い叔母は（その頃たぶん二つめの失敗をまだ失敗とは思わない時期にあって）、機嫌の良い笑顔でときどき訪れては、甥っ子に土産のチョコレートを一枚かならず与えたのである。銀紙に包まれ、その上から濃い茶色に金文字入りの包み紙でくるまれた、まだ誰も手をつけていない一枚の板チョコ。それはぼくの眼には、まるで漢字の練習帳みたいに大型で、いったいどこから口をつけてよいか迷うほど途方もない代物《しろもの》に映った。しかし、叔母が帰ったあと甥っ子が板チョコを両手に抱えて恍惚《こうこつ》としていると、きっとそこへ和服姿の祖母が忍び足で現われるのだった。

「まあ、この子は」と祖母は呆《あき》れ声でぼくの手から包みをひったくった。「鼻血が出るよ。いっぺんに食べちゃ毒なんだよ。こら、畳の上で跳ねたらほこりがたつじゃないか」

ぼくの手に銀紙の一かけらだけが渡され、ぼくの眼は憎しみのまなざしで祖母の後姿を見送った。当時のぼくの夢は、大人になったら板チョコを一枚まるごと食べることだった。

酒呑《の》みで口数の少ない父が交通事故で死んだことを除けば、ぼくの少年時代は波乱のない平凡なものだったといえる。父の死は高校二年のときである。ぼくは修学旅行で生れて初めて上京していたので、臨終も知らず、通夜にも間にあわず、葬儀の日の朝やっと家に戻った。自分の部屋で学生服の襟をつめていると、喪服を着た祖母が黒い腕章を手に入ってきて、おまえは男だから泣くはずはない、という意味のことを喋《しゃべ》った。ぼくは一言も返事をしないで、左眼でまばたきをしながら、腕章のピンを止めた。事故の日に、それから通夜の席で泣き疲れたのか、誰も涙を流す者はいなかった。ただぼくの注意を引いたのは、憔悴《しょうすい》した叔母の表情だった。叔母とはしばらく行き来がとだえていて、顔を見るのはそれが久しぶりだったと思う。葬儀が終るまでに、叔母が看護婦をもうずいぶん以前にやめ、いまは水商売に入っていることを知った。しかしその日は叔母と言葉を交わすことはなかった。父は四十代のなかばで死んだ。

後に得た情報を総合すると、父は事故にあった日から二日間、意識がかすかに戻ったり不明におちいったりしながら生きつづけたようである。だからそのときすぐに連絡があれば、ぼくは父の最期を見とることもできたはずだった。それができなかったのは祖母のせいなのだ。ひょっとしたら父の死はもう二、三日先になると予測したのかもしれない。いま呼び戻しても病院につめるだけで話もできないのだから、あわてて連絡を取ってせっかくの旅行をだいなしにすることはない、と祖母が言ったそうである。ぼくにはいまでも信じ難いけれど、祖母は、婿養子の容態よりも孫の東京見物の方を重く見た。母はそれについては何も言わなかった。母は祖母に言わせると親孝行な娘だった。叔母に言わせると祖母の言いなりだった。ぼくは母よりも祖母を憎んだ。

そういえば祖父の死のときも、ぼくはもっと漠然とした感じではあったけれど祖母を憎んだ。父の死より八年前のことになる。小学三年生のぼくは、学芸会の劇の稽古《けいこ》で学校に居残っていた。祖父はその日の昼前すでに亡くなっていたのである。しかしこのときも祖母はぼくを呼び戻すことを禁じていた。夕暮れに、左の眼をこすりながら帰ってみると、家の中は通夜の準備であわただしかった。五つ年下の妹までが、台所で女たちにまじって忙しそうに動きまわっていた。むろん幼い妹は何の役にも立たなかったのであるが、しかし妹は知っていた。ぼくだけが知らされなかった。祖母は、小学生にとっては身うちの死よりも学校の行事の方が大切だと考えたのかもしれない。このときからぼくは、自分が関知しないところで何か重要なことが行なわれている、自分が知らないところで肝心の生活がいとなまれている、そしてそれはぼくにはどうしようもない……、いま当時の気持ちを言葉になおせば、だいたいそんなふうに感じはじめたような気がする。ぼくはしだいに家のなかのいろんな出来事に無関心を装うようになった。あるいは実際に無関心になっている自分に気づくことがあった。その代りにぼくは物語を（つまり現実ではなく活字の上での何か重要なこと、肝心の生活を）読みふけることを覚えたけれど、またその代りに、友人たちと話していてときどき彼らの現実味を帯びた生々《なまなま》しさについていけなくなることがあった。そしてそれを漠然とした感じで祖母のせいだと考えた。

ぼくの青年時代は、……決して忘れることのできない一つの事件を除けば、速やかに平凡に過ぎた。

いまも過ぎている。ぼくはこの夏で二十九歳になった。女性問題に関する失敗は数々あるけれど、しかしたいていの二十九歳の青年には女性問題に関する失敗は数々あるだろう。父の葬儀以来、ぼくと叔母との行き来は復活した。こんどは叔母が板チョコを持って訪ねて来るのではなく、甥っ子の方から近づいて行ったのである。ぼくは父の死からまもなく、叔母の店でウイスキーの味を覚えることになった。つまり板チョコを一枚ぜんぶ食べたいという叔母によってつちかわれた幼年時代の夢は、ふたたび叔母の手によって意味を失ったわけである。

　高校をなんとか卒業し、この街ででたらめな浪人生活を送ったあげく、ぼくは三流の大学にもぐりこんだ。学力の都合で大学は札幌にあった。南の地方で生れ育った青年は、北海道での五年間の怠惰な生活に倦《う》んで、またこの街に戻った。戻ったのはぼくの失敗だった。祖母と母と、すなわち一家の決定権を握り孫の気持ちにおかまいなく一家の行政をおこなう女と、その言いなりになる女との同居がどんなに男の身にこたえるものであるか、ぼくは五年のうちに忘れかけていたのである。三たびぼくと叔母との行き来は復活した。叔母はあいかわらず水商売をつづけていた。ぼくは叔母に借金して、……というよりも叔母に何から何まで面倒を見てもらって、一人暮しをはじめた。

　その頃までにぼくは自分じしんの物語を活字にしたいと考える青年になっていた。半世紀前なら、ぼくは文学青年と呼ばれていたにちがいない。しかし昭和五十年代の後半には、誰もぼくを何とも呼ばなかった。定職につかず、ときどきアルバイトをしては部屋にこもりきりで原稿用紙に字を書いている男を見て、友人たちはただ、根が暗いと噂した。昭和五十八年の秋にぼくの物語が活字になり、それからしばらくしてまとまった金が入ってくるとはじめて、友人たちはぼくを作家と呼んだ。現代は、それまで何とも呼ばれていなかった青年がある日突然作家と呼ばれる時代である。ぼくは新人作家になり、まとまった金を手に入れ、叔母への借金を清算すると、またこの街で十年前を思い出すようなでたらめな生活を送りはじめた。

＊

「あんたはいつも片眼を閉じてるから、世の中の半分しかまともに見えていないんだよ」

考えてみれば、チョコレートを間にはさんで二人が出会って以来、叔母はおよそ二十年間ぼくに向ってこう言い続けてきた勘定になる。

もちろん、いまでもときどき聞かされる。そして聞かされるたびにぼくは皮肉を感じる。けれどその皮肉は、最初に述べたような、女性問題に対しての苦い批評という意味ではない。ぼくはもっと他の意味で皮肉をおぼえるのである。

実はこの叔母の台詞《せりふ》は比喩であって比喩ではない。いつも片眼を閉じてるという叔母の表現は、ぼくにとってはたとえではなく言葉通りの事実なのだ。

いつもという形容は大げさにしても、ぼくはときに片眼を閉じて生活することがある。生活せざるを得ないことがある。いままで誰にも（もちろん叔母にも）うちあけなかったことだけれど、ぼくの左の眼はときどき視力を失う。ある日突然といってもいいくらいに視界が半分になる。右眼をつむるとぼくの眼は暗い闇《やみ》だけを映す。右眼をあけるとぼくの眼は世の中の半分だけを映す。ぼくは比喩ではなく実際に、片眼を閉じてると同じ状態で生活することになる。

いつごろ何が原因でそんな奇妙な症状にとりつかれたのか、それとも生れつきの持病なのか明らかではないけれども、とにかく、いちばん初めに左眼が見えない事実に気がついたのは小学校三年の秋である。学芸会の舞台稽古の最中に、突然、左の眼がかゆみを覚え、指でこすっているうちに眼の前の左半分が白濁してきた。白い靄《もや》はしだいに灰いろに変り、濃さを増し、やがて暗黒が訪れた。そのとき舞台の中央で友人たちが声をそろえてぼくを呼んだ。

「昆布も来いよう」

ぼくは舞台の袖で、腰にさしたプラスチック製の刀に片手を添えたまま立ちすくんでいた。蟹《かに》の親子を助けに、猿をこらしめに、臼《うす》役や蜂《はち》役の友人たちのもとへ走らなければならないと思ったけれど、首をかしげたまま動けないでいた。学芸会用に担任の女教師が脚色した劇の舞台稽古は中断した。舞台の下から女教師がヒステリックに叫んだ。

「何やってるの。昆布も来いようって呼ばれたら、来たぞうって言いながら走ってこなきゃだめじゃないの。もう一回やりなおし」

友人たちが笑いながらもう一回呼んだ。ぼくはためらいがちに数歩走り、そしてやはり首をかしげながら立ち止った。

「もっと前へ」と女教師が命じた。

ぼくはうつむいたまま、もっと前へ進んだ。

「はい、次は誰の番？」

と女教師が訊《たず》ね、

「先生、来たぞうって昆布は言いませんでした」

と蟹の子供役の女の子が告げ口をした。

「こんどできなかったら」しばらく間をおいて女教師の声が言った。「昆布はもうこの劇には出しません」

そして女教師は、もともと『猿蟹合戦』には登場しない昆布の役を台本から削ることになった。しかしぼくは役を降ろされたことよりも、左眼の異状に気づいたことの方がずっとショックだった。そのことを報告するために、帰り道をときおり斜めにたたらを踏みながら急いだのだが、しかし家では祖父の死が待っていた。大人たちはあわただしく立ち働き、ぼくをちらりと横眼で見ては、「手を洗っておいで」とか「遠くへ遊びに行っちゃだめだよ」とか声をかけるだけである。祖母は夫の死よりも孫の学芸会を大切に考えたけれども、孫は自分の眼のことよりも祖父の死を大事に思った。ぼくは最初の異状を誰にも報告できぬまま祖父の葬式に出席した。

そのとき親戚《しんせき》一同が揃《そろ》って撮影した一枚の写真がある。小学三年生のぼくは中央に、母と祖母の間にはさまれて正座し、両手を膝《ひざ》の上にきちんと置いてカメラに向いウインクをしている。というのはもちろん出来あがりの写真を見た大人たちの評で、本人はただ気になる左眼を閉じていただけの話である。片眼が視力を失った状態で何かに焦点を合せるとき、見えない方の眼を閉じた方が都合がよい。しかしそんな事情は誰も知らないから、写真を手にした大人たちの大部分は苦笑を浮べ、何人かは祖母に気がねして見ないふりをし、祖母は直接には何も咎《とが》めない代りに、一度だけぼくを横に座《すわ》らせて普段よりもったいぶった感じで仏壇に線香をあげた。それから叔母は（少年の茶目っ気に苦笑した大人のなかの一人だったのだが）、この写真をもとに、以後ぼくの顔を見るたびに例の決り文句を口にするようになったのである。

ところで、大人たちは少年のウインクを気にとめただけだったが、少年は別の角度から写真を眺めて一つの疑問を持った。それは父の位置についてである。父は母の外側に妹を膝にのせて写っている。少年の考えでは、父は中央にすわり、その両側に祖母と母がいなければならなかった。少年は疑問を解こうとして、しかし訊ねるきっかけを、相手をみつけられず、結局、解けぬまま頭の隅にかすかなひっかかりとして残った。それはときどき気にかかったり、あるいはときどき忘れてしまったりしながら、父の葬儀の日まで残りつづけることになる。たいていの少年は、誰も解いてくれない疑問を一つか二つかかえながら成長していくのかもしれない。

最初の異状はまる二日ほどですっかり回復し、左眼はもとにもどった。朝、布団のなかで眼をこすっていて、ふと見えることに気づくのである。まる二日間いやな夢でも見ていたかのようにぼくは起き出して、洗面所の鏡を見ながら歯をみがく。これでいつもと同じ一日が始まる。今日の朝は、片眼が見えなかった二日間の出来事を飛びこして三日前の夜につながっている。あのとき少年のぼくがぼんやり感じていたことを、いや感じようと努めていたことを、いま言葉にすればそんなふうになる。二度目と三度目の異状のときも同じだった。まる二日ぼくは片眼で生活し、三日目の朝にはその二日間を、まるで長い夜にうなされた夢であるかのように感じ取ろうとしていた。

四度目の異状は中学三年のときである。ぼくは軟式野球部に所属し、ショートストップの五番打者として、目前にせまった県大会のための練習にはげんでいた。といえば、もうだいたいの想像はつくと思うけれど、ぼくは県大会出場を棒に振ることになる。片眼でセカンドとのダブルプレーはできない。右眼だけでタイムリーを打つのは困難である。

やめさせて下さい、とぼくは帽子を脱いで監督に申し出た。チームのエースの父親であり、PTAの役員でもあり、かまぼこ屋の経営者でもあった男はノックバットを握ったまま、バカヤロウと大声で怒鳴りつけた。

「大会まであと何日だと思ってるんだ」

「……二日です」

と答えると、監督の頰《ほお》がぴくりとひきつった。ぼくはうつむいて左眼をまばたきさせながら後悔した。昔からぼくは、たとえ相手が答えを要求していない質問に対してでも、わざわざ考えて回答してしまうという几帳面なところがある。監督が訊《たず》ねた。

「二日前にお前が抜けたらチームはどうなる」

「……代りの遊撃手と五番打者が必要です」

「バカヤロウ」

うつむいたぼくのこめかみのあたりに男の拳《こぶし》が強くあたった。ぼくはよろめいて片足で踏みこたえ、ほとんど無意識に帽子を持った方の手でグローブをはめなおし、すぐにまた気をつけの姿勢をとった。監督はバンドが壊れてグラウンドに落ちた腕時計を拾いあげた。それから舌打ちをして、こんどは平手でぼくの頰を叩《たた》いた。

「さっさと守備につけ」

「………」

「聞こえんのか」

そのとき、白いトレパンと白いシャツと白い野球帽の女の子が近づいて来た。それでぼくは監督のそれ以上の暴力からまぬがれた。フリーバッティングの最中だったチームメイトは、誰ひとりぼくたちに関心を示さなかった。いまはどうか知らないが、当時の野球少年たちは大人の暴力を見て見ぬふりをするのが得意だった。

「どうしたの」

と、同級生でチームのマネージャーでもある女の子がぼくに訊ねた。

「なんでもない」と監督が言った。そして言い添えた。「こいつは野球をやめると言ってるぞ」

こいつは野球をやめるといってるがなんでもない、とぼくは心のなかで監督の言葉をつなげて呟《つぶや》いた。

「ほんとなの」

「うん」

「どうして」

「……だめなんだ。ボールが見えなくて」

「スランプなの?」

「ちがう」

「じゃあどうして」

ぼくはまたうつむいて、帽子を持った手で左の眼をこすってみた。視力が回復するまでにはどうしたって二日かかるのだ。ぼくはどう説明すべきか考えこんだ。

「勝手にしろ」と捨て台詞《ぜりふ》を吐いて監督が離れて行った。女の子が小声で言った。

「あたしもあのひと嫌いよ」

「そんなんじゃないんだ」

「よくわかんないな」

「ごめん。うまく言えなくて……」

「こっちへ来て」女の子がぼくの腕をとった。

「どこへ」帽子を被《かぶ》りながら訊ねたけれど、彼女は答えずにぼくを五十メートルほど引っぱって、土手の上の桜の木陰まで連れていき、そこで帽子を脱いで額の汗を拭《ぬぐ》った。空いた方の手でぼくの手を握ると、お願いがあるの、と言った。ぼくの片手にはグローブがあるので、彼女と同じように帽子をとって汗を拭うことはできない。十五歳の少年は黙って次の言葉を待った。片手に野球帽、片手に少年の手を持ったまま彼女は言った。

「やめないで」

「……？」

「あたし、やめてほしくない」

「……」

「やめないわね？」

「やめるよ」

「どうして」

「……うまく言えないけど」

「お願い」女の子の手に力がこもり、ぼくの手がヘソの近くまで引っぱられた。ぼくは思いつくまま言葉を口にした。

「ぼくは、ほら、試合に出ると必ず二回はトンネルするしね、打点もあんまり多くないし、サインだって見落すし……レギュラーになれたのが不思議なくらいで……それに、……たぶん、ぼくがいてもいなくてもチームの成績は同じだよ。県大会の一回戦を勝って二回戦で負ける。毎年そうなんだから。監督だってそれくらいわかってるさ」

「ちがうの」女の子がもういっぺんぼくの手を引っぱった。「そんなことを言ってるんじゃないの。あたしがあたしの気持ちで頼んでるの」

「………?」

「お願い、やめないで」

ぼくは少し頭の中がこんがらかって、まるで独り言のような質問をした。

「なぜ」

すると女の子が答えた。

「だってあなたが野球してるのを見たいもの」

「なぜ」

「だって」と女の子はもういちど言って、手をはなした。ぼくはその手で左のまぶたを撫《な》でながらつづきを聞いた。
「だって。あたしはあなたが。好きだもの」
「……………」
「ね、ゆっくり十数えたらあたしの後から来て。あたしのこと好きなら野球をやめないで」
ぼくはこのとき初めて告白の衝動にかられた。ぼくは決心した。しかし、決心を言葉で伝えることにまだ慣れていなかった。
「……でも、ぼくの眼が……、待ってくれよ」
もういちど待ってくれとくり返したけれど彼女は待ってくれなかった。白い後姿が駆けながらだんだん小さくなっていく。ぼくが待てと言って女が待ったためしはない。土手の上に立って、ゆっくり数えはじめた。
いち
に
さん
なぜ
だって
し
あたしは

ご
あなたが
ろく
好きだもの
しち
なんて
はち
明快な
く
きれいな
じゅう
答えだったろう。
それからぼくはためいきをついた。右眼だけでしばらくグラウンドを見わたした。背中を向け、土手をむこう側へ降りて校舎に戻り、学生服に着替えると家へ帰った。
二日後、左眼の視力はもどり、ぼくは八人のチームメイトと、一人の女友だちを失うことになった。
彼女からは一度だけ手紙が届いた。

県大会の初戦でチームが負けたことは少しも残念ではないと、彼女は書いていた。私はあなたが野球を途中でやめたことが悔しいのです。悔しくて悔しくて、私の部屋が涙の海につかるほど泣きました……。この表現を、ぼくは当時ちっとも大げさだとは思わなかったし、実はいまでも思わない。向い合った人間になぜと問われて、あんなに明快なきれいな答えを言葉にできた人間がどんな表現をしようと、あるいはどんな泣き方をしようと、ぼくはそのままに受けとりたい。神の存在を信じるリアリストのように、散文家のぼくは彼女の涙の海を見ることができる。彼女はそれ以後二度と、一度たりともぼくの顔を真正面から見ることはなかった。そしてそれ以後、ぼくは二度と、一度たりとも他の女性の口から「あなたが好き」という言葉を聞いたことはない。たぶん好かれているのだろうとか、好かれているにちがいないとか、こちらで勝手に思いこまなければできないような行為は何人もの女性との間にあったけれども、彼女たちは決して言葉では証明してくれなかった。「だって」という文句のあとには必ず「………」という思わせぶりの、相手に解釈をゆだねる沈黙が続くのである。そんなとき、ぼくは深夜の街でタクシーを止めて、女が後から乗りこむまえに運転手にホテルの名を早口で告げ、頼むから入口で面倒をおこさないでくれよと心のなかで祈りながら（幸運なことに一度も面倒はおこったことがないのであるが）、ふと、あのときの女の子の明快な言葉を回想して、彼女だけだな、と思う。ひとり彼女だけが、ぼくのこれまでの人生において率直に本心を打ちあけてくれた女性なんだな、と。

そしてこう考える。ぼくにとって唯一の女性を失ったのも結局は、のろわしい左眼のせいなのだ。ぼくの左眼が他の普通の人間と同じように正常だったら、小学校三年の学芸会で昆布の役を降ろされることもなかったし、小学校六年のぼくは自転車で子猫をひき殺して吐いたり泣いたりしたあげく寝こむこともなかったし（これは二度目の異状のとき）、中学一年のぼくは上級生から眼つきが生意気だと学校のそばの空家に呼び出されて殴られ、その空家がぼやを出したときに中で煙草を吸っていた容疑者の一人として教師や祖母から質問ぜめにあうこともなかったし（これが三度目）、むろん彼女との間が急に気まずくなって最後に手紙を一通もらってそれきりということもなかったはずだ。そしてそれからあとの五度目のときも、六度目のときも、七度目のときも……。左眼が見えなくなると必ず二日間のうちに何か悪いことが、あとから忘れてしまいたいと思う出来事がもちあがる。それは絶対に避けられない。絶対に忘れられない。大学生のとき、一度だけ我慢できなくなって眼科の医者にかかって以来、ぼくはそう信じている。医者はつまらなそうに言ったのである。（札幌の春は強い風が吹いて埃《ほこり》が舞う。たぶんそのせいで眼科は繁盛するのだろう。ぼくは待合室で二時間近く待たされ、看護婦にあわただしく呼ばれ、診察室に入ると、何十枚ものカルテが散らばった机から医者は疲労した顔を半分だけ向けて訊《き》いた）。どうしたね？　左の眼が見えません。いつから？　昨日の朝。どんなふう？　暗いんです、眼の前が。

「ごみでも入ったのかな。頭の包帯は何なの？」医者は身を乗り出した。

「関係ありません。入ってますか」

「いや」

「ごみのせいじゃないと思います」

「疲れてるんだろう。洗ってみよう。それと眼薬をあげるからさしてごらん。二、三日たって良くならなかったらまた来ること。洗浄！」

「むかしからこうなんです」

「次を呼んでいいよ。何？」

「ちょっと訊《き》きますが、こういう病気がありますか。子供の頃からです。何年かに一度、ある日左眼だけが見えなくなる。はじめ白い靄《もや》がかかって次に灰いろに変って最後はまっくらに、……それも二日の間だけなんです。たいてい二日たつとまたもとにもどる。ずっとそのくり返しなんですが」

医者は書き物をしながら背中で答えた。

「どんな病気もないとはいえないがね」

それから回転椅子《いす》ごと、いきなり、ぼくの方へ向きなおって訊いた。

「君は、大学生？」

「そうです」

「五月病というのは聞いたことがある？」

「ありますけど、それとはちがいます」

「自分で診断するなら医者はいらない」

「でも……」と言いかけるのを医者が押し止めた。

「とにかく、いっぺん大学のカウンセラーへ行ってごらん」

「………」

もちろんぼくはカウンセラーへは行かなかった。代りに自分で診断を下した。ぼくの左眼は病気ではない。きっと医学では説明のつかない何かなのだ。原因があっておこる結果ではなく、ある結果を呼びよせる、それも悪い結果だけをみちびく暗号のようなものだ。そうでなければ、日ごろ慎重なぼくが（いくら片眼に靄がかかっているからといって）、エリーゼとエミリーという同じ町にあることだけが共通点の二つの喫茶店を取り違えるわけがない。いや、そもそも女友だちが、待ち合せの場所にいままで行ったこともない町の聞いたこともない店を指定したことからおかしい。しかも、ぼくが入った方の、クラシックを流す上品な店に愚連隊まがいの二人連れがいて、バッハを聴いているなんて考えられない。そしてそのうちの一人がぼくの無意識のウインクに因縁をつけ、もう一人が加勢して、コーヒーカップと受け皿とグラスが割れ、ぼくがテーブルの角に頭をぶつけて血を出すなんて普通では起りえないことじゃないか。

きっと普通ではないのだ。普通ではないなにか得体の知れぬ力がぼくの左眼に巣くって働いている。本人の意志におかまいなく暗号を発して悪い結果ばかりを呼んでいる。二日間、四十八時間だけぼくの左眼は、明より暗の、善より悪の、笑いより涙の、活力より倦怠《けんたい》の元凶になる。だからあのとき、桜の木の下で好きだと告白された少年は彼女のあとを追うことなど考えもしなかったのだ。何かがぼくの意志を押えこみ、何かに背中を突かれたように友情（それとも愛情）より孤独を求め、誠実より裏切りの側について土手を友人たちや彼女のいる方とは逆へ下ったのだ。ぼくはそんなふうに考えることにした。そんなふうに考えなければ、一年か二年に一度、とつぜん片眼が失明するという重い十字架を背負って生きていくことは耐えがたい。

しかし、そんなふうに考えることは（矛盾するようだが）、諦《あきら》めに似ている。つまり左眼が不自由な二日間の出来事は、何かのせいであってぼくじしんのせいではない。そう考えを進めて諦めの気持ちを持つことができる。左眼が見えなくなるときっと良くないことがおこる。左眼の失明は不運を招く。ぼくの力ではどうしようもないジンクス。ぼくにできることは三日目の朝、まるで悪夢からさめたように、洗面所の鏡に向って歯をみがくことだけだ。今日の朝は昨日の夜ではなく三日前につながっている、いまからぼくじしんの生活に戻る、と自分に言い聞かせながら。

こうしてぼくは忍耐し、あるいは諦めつつ二十九歳まで生きてきた。耐えることはいまもつづき、諦めることは容易《たやす》く見えて、その実、悪夢を忘れさることは難しい。その難しさについて、これからやっと始まる物語は発展していくだろう。

1

電話の鳴る音で目がさめた。

どんなに熟睡していても、ぼくの耳は電話の呼出し音を最初の一回で聴き取ることができる。呼出し音の一回目を聴くといつもぼくの胸は、学生時代に初恋の相手と廊下の曲り角ですれちがったときのように熱くしめつけられ、ぼくの身体は一瞬、こわばる。ぼくは臆病《おくびょう》で、センチメンタルな人間である。といってもいいし、あるいは、突然の音というのはふつうの人間を怖がらせ、遠い昔の記憶を刺激する、といってもいいのかもしれない。とにかく電話はいつだって突然鳴り響き、ほんの一瞬だけぼくを無防備な、まるでバスタブの中の修道尼みたいな気持ちにさせる。

一回目の呼出し音でおそらくぼくの上体がひきつったように動いたのだろう、ベッドで背中合せに寝ていた由紀子《ゆきこ》が意味のない声を一つ洩《も》らして身体を端へ寄せた。呼出し音の二回目でぼくはいつものようにちょっぴり迷い、三回目でいつものように決断してベッドを降りた。薄い緑いろのプッシュホンは机の上にある。四回目と五回目の空白にぼくは受話器へ手をのばした。

ところで、ぼくの部屋にかかってくる電話には二通りある。ぼくあての電話とまちがい電話とである。ぼくあての電話にはまた二通りある。仕事の電話とそうでない電話とである。そうでない電話も二通りに分けようと思えば、男性からの電話と女性からの電話とに分けられる。しかしこの三つめの分類にはほとんど意味がない。なぜならぼくに電話をかける女性はいつでも一人きりだからである。

ぼくの長年の夢は（たぶん本格的に外国映画を見だした中学時代後半からの夢は）、一人の女とベッドであのことの最中にもう一人の女から電話がかかって、ぼくが（ためいきとともに）ベッドサイド・テーブルの受話器を取り、一人の女から嫉妬《しっと》のこもった愛撫をうけながらもう一人の女の疑惑にみちた長話を聞きながす、というものだった。けれど夢はいつまでも夢で、現実にそういう役回りを演じたことは一度もない。ぼくはいつでも、二人の女性と同時につき合うほど器用な男ではなかった。自分をなぐさめるために言いなおせば、ぼくの前にはいつでも、電話番号を教えようとまで思う女性は、二人同時に現われることはなかった。それに、これまでぼくが使ってきた電話はいつでも、コードの長さの都合でベッドのそばには置かれなかった。

　そして現在、ぼくの部屋の電話番号を知っていてしかもかけてくる女性は、いまベッドで眠っている由紀子ただ一人である。ということは、この呼出し音は女性からではあり得ない。まちがいか、仕事か、男友だちからの電話ということになる。

　ぼくは受話器を取り上げた。

「もしもし」というと、いきなり、

「おはよう」と相手がこたえた。

「……おはようございます。いま何時頃ですか」

「正午」

　ぼくは机の上に置いてある腕時計を片手で取って確かめた。正午を六分ほど回っている。毎日正午にこの近辺で鳴り渡る造船所のサイレンも聞かずに眠りこけていたわけだ。

「いつもならいまごろ仕事にかかってる時刻だね」

と、重信誠太郎《しげのぶせいたろう》編集者が言った。

　彼は、ぼくに新人文学賞を与えその小説を本にしてくれた出版社の担当編集者である。文学賞に当って以来、いろんなことで面倒をみてもらっている。上京したときには何度か飲みあかしたこともあるし、小説やお金の相談に乗ってくれる編集者もいまのところ彼しかいない。昭和二十年代前半の生れだから、ぼくとはそれほど年の開きもないのだが、しかしむこうは中堅編集者、こちらは新人小説家、となるといろいろ微妙な駆け引きも働いて、お互いないようである。
言いたいことを言えるほど親しくはしていても、やはり友だちづきあいというわけにはいか
「すみません」
「あやまらなくてもいいさ」
「ゆうべは、その、遅くまで、起きてたものですから」
とぼくは慎重に言葉を選んで喋《しゃべ》り、もしこの台詞《せりふ》を相手が仕事で遅くまで起きていたと
受けとったとしても、嘘《うそ》をついたことにはならないだろうと心のなかで弁解した。編集者が
言った。
「また夜遊びですか」
(なんて可愛げのない編集者なんだ)
電話口でライターをこする音が聞こえる。ぼくはベッドの方をちらりと振り返ってから言
った。
「夜遊びってほどでもないです」
「困ったもんだな」
「………」
困ったもんだな、というのは重信編集者の口癖なのである。彼がそうつぶやいたときには
必ず、……と、ぼくが沈黙する癖がついた。

「もうおさまったかと思ったけどね」

「おさまりました。もう終りです。だいたい印税を使い果たしたんだから遊ぼうにも遊べない。それは『放蕩記《ほうとう》』に書いた通りですよ。あれを書いて決着をつけたんです。これからは身を入れて新作の長編にとりくみます。もう書いてるんです」

「『放蕩記』ね」

とタバコの煙を吐き出す気配と一緒に編集者がつぶやいた。

「なにか？」

「あれ活字にしたのは失敗だったと思ってる」

「失敗作という意味ですか」

「それもある。君のためにも失敗だったし、編集者としてのぼくにとっても一つの汚点になったという意味です」

「………」

ぼくはまた黙りこんだ。

賢明な小説家と編集者とが話していると、きっとどちらかが唇をかみしめて沈黙しなければならない時間がある。小説家は編集者をまだ必要とするし、編集者は小説家をまだ手もとにおきたい。どちらかが我慢して喧嘩《けんか》別れを回避しなければならない。新人賞受賞後の第一作にあたる短編小説の手直しのために上京したときのことをぼくは思い出す。重信編集者とぼくは出版社の会議室でまる一週間、長いテーブルをはさんで向い合い、手直しの部分に関して言葉少なく議論をかわし、数えきれぬほどの沈黙の時間を持った。七日目の夜にやっと、編集者が少なく折れ小説家が多く折れて決着がついたのだが、そのとき、ぼくが最後の一枚を清書して渡すと読み終えた彼は、両手を高くさしあげ気持ちよさそうに背伸びをして、

「おわったあ……」

と叫んだのである。それから上げた両手をテーブルにぺたんと落すと、

「いや、実に興味深い作業だったね」

と微笑《ほほえ》みながらぼくの同意を求めた。

「興味深い作品に仕上がっていればいいんですけど」

「だいじょうぶ。批評家がほっとかないよ。来月の文芸時評が楽しみだ」

しかし一カ月後、批評家の関心は他の新人の作品に集中した。

そのことを見届けたうえでぼくは出版社に電話をかけた。今回の短編はぼく個人の力ではなく、東京での七日間、重信編集者と二人で共同して完成にこぎつけたという気持ちが強かったからである。あのとき彼はああ言ったけれども、べつに文芸時評に取りあげられることが小説家と担当編集者の唯一の目的ではなかったはずだし、二人で心いくまで手直しを重ねて、満足できる作品に仕上がったことは確かなのだからそれでいい。そのあとのことは、たとえば批評家連中の眼は揃《そろ》いも揃って節穴だと、舌打ちでも歯ぎしりでもすればいいのであ

る。興味深い作業の末、興味深い作品が生れたと二人で信じたのならそれしかないじゃないか、とどこか同じ釜《かま》の飯を食った相棒をなぐさめる感じで電話をいれてみた。ところが、重信編集者は意外に明るい口調で、

「まあ、しようがないな。あの作品は野球でいえばサードゴロといったところだからね」

などと、一カ月前とはずいぶん変り身がはげしい。

「サードゴロ……」

とぼくが野球好きの相棒の表現をなぞって絶句していると、

「いや、受賞作の長編を仮にライト線のツーベースとした場合にですね、今回の短編は、打球の方向、強さ、飛距離からいってサードゴロくらいだろうという意味だよ」

と言い添えた。けれど、それにしてもサードゴロならばアウトである。あの東京での一週間の成果がワンアウトを取られたにすぎないと編集者は言うのである。ぼくはもういちどつぶやいた。

「サードゴロ」

「うん。批評家の守りはなかなか固いよ」

「アウト……？」

「まあね。でもこの次ヒットを打てばいい」

「……」

ぼくは唇をじっと嚙《か》んだ。

ちょうどその頃から、新人賞受賞作品の長編小説が売れはじめ、全国の書店でまんべんなく売れゆきがのびて、ぼくの銀行口座には小きざみに百万単位の金額が振り込まれるようになった。それでぼくはワンアウトから次のヒットを狙うことよりも、酒をあおりながら競輪の予想紙を横眼で見ながら若い女性の腰を抱く、つまり重信編集者いうところの夜遊びに(そして仲間うちでは『二千万の放蕩』とか『酒池肉林の百日』とか呼ばれる生活に)憂き身をやつす方を選んだのである。が、三カ月後、ぼくの預金はゼロになった。百万単位で月に三度、永遠に振り込まれるかに見えた印税はわずか三カ月でぴたりと止った。全国の読者はぼくの小説を三カ月のあいだ買いつづけて、ある日急にそっぽを向いてしまったのである。

当時のいきさつは(『放蕩記』にくわしく書いたので)くり返さないが、ともかくぼくはそれまで打ち出の小づちと呼んでいたキャッシュ・カードを引出しの奥にしまい、ワンアウトを取られた新人の小説家に戻ることに決めた。それから約二カ月かかって書きあげたのが再起第一作、受賞後二作目にあたる私小説『放蕩記』(二千万近い金額を三カ月ほどで、飲む打つ買うに使い果たしてしまう男の話)というわけだ。ぼくはさっそく原稿を出版社に送りつけ、折り返し重信編集者から上京を待つという連絡を受けとった。

ふたたび東京での一週間。ふたたび編集者の屈託のない背伸び。ふたたび批評家がほっとかないだろうという台詞《せりふ》。そして今回もまたアクロバティックな変り身。失敗作。編集者としての汚点。ぼくは黙って唇をかみながら思った。これでツーアウト。

「こんどの作品は野球でいえば何ですか」

とぼくは口を開いた。

「打球の方向、強さ、飛距離からいうと……」

「いまはそんなレトリックをもてあそんでる場合じゃないだろう」

と編集者が厳しい口調で言った。

「君はたしかに文才はある。凡ではない。それは認めます。でもそれだけなんだ。レトリックだけじゃいい小説は書けない。いまのままでは受賞作の二塁打を一点につなげることはたいへんむずかしい」

「……批評家は何か言ってますか」

「知らないのかい」

「文芸時評は読まないことにしたんです」

「誰もとりあげてない」

「………」

「完全に無視されてる。編集者がよく行く酒場では、ぼくが君に同情して原稿料を稼がせたという噂が広がっている。作家がよく行く酒場では、某氏がうちの編集長に酎ハイを無理矢理おごりながら、君のことを例の原稿用紙無駄づかい新人は元気かと皮肉った。君は地方に住んでるからわからないかもしれないが、ぼくは針のむしろにいるようなものです」

「編集長は酎ハイが嫌いなんですか」

深い吐息が聞こえた。二度目のライターをこする音が聞こえた。二本目のタバコの煙を吐きながら相手はつぶやいた。

「まったく、編集者なんて因果な商売だよ」

「重信さん」

「うん？」

「こんどの長編でとりかえしましょう。六百枚の予定です。ツーアウトだけどランナーはセカンド。ホームランで二点はいります」

「そう願いたいね。で、どこまで進んでる？」

「はい？」

「少年はいま、どのあたりを旅してますか」

「ええと……」

ぼくは言葉につまった。

重信編集者にはもちろん話してあるのだが、いまぼくがとりかかっている長編小説のあらすじはこうである。

一つの偶然からピストルを手に入れた少年が、ある男を撃つために南の街西海市《さいかいし》から北の札幌まで旅をする。そのあとを一人の警官と一人の新聞記者とが追いかけ、それと前後しながら二人の極楽とんぼが南から北へと競輪場めぐりをする。物語は出発地の西海市から順に博多、東京、青森、函館、札幌へと展開していくのである。物語が完成した姿は漠然としたイメージとしてぼくの頭の中にあるのだが、その漠然をくっきりさせるために原稿用紙を一字一字埋めていくのはもちろん簡単ではない。ほんの数枚を埋めていくうちに、はやくも最初のイメージとのくい違いが現われ、くい違いの方が言葉として定着しているだけに漠然の方を変形しにかかる。くい違いを破り棄《す》てるか、それとも漠然をうまく変形できればよいのだが、どちらの処理にも行きづまって、実は先を書き悩んでいる最中なのである。

受話器を耳にあてたまま、机の脇のくず籠《かご》にまるめて放りこまれた何枚もの書き損じにぼんやり視線を投げていると、編集者が重ねて訊《たず》ねた。

「博多くらい？」

「……まだ汽車に乗ってないんですけど」

ふたたび深い吐息。そして口癖。

「困ったもんだな」

「………」

「先が思いやられる」

「心配いりませんよ。書く気持ちはあるんだから。今年中にはなんとかめどをつけます」

「いいですか」

と編集者が急に改まってきりだした。

「君は駆けだしだけど小説家だ。書く気持ちがあるのはあたりまえなんだ。一瞬だってその気持ちを失《な》くしてもらっちゃ困る。ぼくは君の夜遊びの報告を聞くためにわざわざ長距離電話をかけてるんじゃない。友だちだから君にしょっちゅう電話をかけるんじゃなくて、小説家としての君に期待する編集者としてかけてるんだよ。君の話を聞いてるとときどき情けなくなる。書く気持ちがあるなんて頼むから言わないで欲しい。もしこないだみたいに、書く気持ちがまた失くなったら、そのときは教えて下さい」

「また書く気持ちが失くなったら……」

「代りの新人はいくらでもいます。みんな発表する場所を求めている。ぼくは二度と新人に同情して原稿料を稼がせたなどと陰口をきかれたくない。ぼくの言うことがわかりますか」

「……はい」

「いま何時です」

ぼくはもういちど机の上の腕時計に手をのばして、文字盤を読んだ。

「十二時二十分」

「顔を洗って、コーヒーを沸かすのにどれくらい時間がかかると思う」

「コーヒー豆は挽《ひ》くんですか、それともインスタントで」

「君はどっちが好みなんだ？」

「……十五分くらいです」

「では、十二時三十五分から少年を汽車に乗せたまえ」

ぼくが何か言い返すまえに、電話は切れた。


受話器をフックに戻すと、ベッドの上から由紀子の声が訊ねた。

「誰と話してたの」

「編集者」

「コーヒー豆の話？」

ぼくは椅子に腰をおろした。「タバコを取ってくれないか」

由紀子が上体を起して枕元のタバコとライターを片手でつかんだ。そのままベッドを降りようとするのを制して、ぼくが言った。

「放っていいよ」

しばらくしてまずライターが飛んで来たので右手で受けとめた。それからハイライトの青い箱がくるくる回りながら飛んで来たけれど左手で受けそこねた。床に落ちた箱とこぼれた二本を拾いあげて、ぼくはため息をついた。

「どうしてアンダーハンドでトスしないんだ？」

「ごめんなさい」

「ゲッツーのときもそうやってモーションつけてショートに放ってたのかい」

「……それ皮肉？」

と、ちょっと間をおいてから由紀子が訊ねた。彼女は中学時代、ソフトボール部でセカンドを守っていたのである。それが皮肉かもしれないという疑いがわくまでにちょっと間があったのは、たぶん寝ぼけた頭で二十二歳の現在から約十年分の過去をさかのぼって回想するための時間が必要だったのだろう。

もっとも、寝ぼけていなくても彼女はときどき普通の女性なら使わない時間を必要とすることがある。彼女はそういうタイプの女性である。ぼくがそういうタイプに魅力を感じたのは（あえて露骨な言い方をするけれども）一回寝るまでの話で、その後つい一カ月ほど前まではそういうタイプの女性と寝ることが気にならなかった。この一カ月の間ぼくは冷たい性格の皮肉屋の男として彼女と何度か寝ている。表現を換えれば、由紀子は一カ月前にやっと自分が冷たい性格の皮肉屋と寝ていることに気がついて指摘した。何度か気がつくたびに指摘している。けれど指摘できたからといって相手の性格が直るわけではない。ぼくは一人の女性と何べんも寝ていると、ときどき自分でもどうしようもなく冷たい性格の皮肉屋になる。ぼくはそういうタイプの男性である。といってもいいし、あるいは、普通の男はそういうタイプに属する、といいたい気もする。

ぼくは何も答えずに、床に落ちたタバコの一本を箱に戻し、もう一本に火をつけた。女が右腕でゆっくり弧を描きながら言った。

「だって、寝たままでこうやって下手投げで放るのはむずかしいもの、ほら」

女の手首が枕に軽く当った。

「じゃあ、バック・トスすればいい」

「バック・トスって？」

ぼくは女に背中を向けて、机の上の灰皿にタバコの灰を落した。

「顔を洗ってコーヒーをいれてくれないかな」

「いま何時なの？」

「コーヒー豆の話の前は聞いてなかったのかい」

「何を言ってるのかわからないわ」

「いいから起きろよ」

「あたしはいま何時なのって訊《き》いてるだけなのよ」

女の口調が変った。そのとき電話が鳴りはじめた。呼出し音が二回鳴って、ぼくが受話器を取らないのを見てから由紀子は怒りだした。

「訊いてるんだから答えてくれたっていいじゃない。何時かって訊かれて何時だよっても言えないの？　そんなにあたしが嫌い？　時間も教えたくないくらいあたしがいやなの？」

ぼくはタバコを消して受話器を取り上げた。

「十二時半だよ」

「なによいまごろ。十二時半なら十二時半って訊いたときに言えばいいじゃないの」

「訊いたときは十二時半じゃなかったさ」

「また皮肉」

「もしもし」

「もしもし？」

「それも皮肉なんでしょ？」

「自分で皮肉だと思うのなら皮肉だろうよ」

「どうして皮肉ばかり言うの」

「もしもし？」

「小説家だからさ」

「なによ小説家小説家って、一冊しか本を書いてないくせに」

ぼくは受話器を耳にあてたまま由紀子を振り返った。どんなに出来の悪い皮肉でも、あとで一人になったとき深く傷つくような毒のある言葉でも、ぼくは女性から皮肉られるとなぜかホッとして、それからちょっと感心して、それからまた少し嬉《うれ》しくなるようなところが（いつもとはいわないけれど、しばしば）ある。ぼくは笑顔になって、気障《きざ》な文句を、しかし半分は正直な気持ちを口にした。

「ぼくはきみの寝起きの顔と怒ったときの顔をきれいだと思うよ」

「あたしはどっちも見たくないわ」

正直であるなしを問わず、気障な文句というのは女性に対していちばんの男の武器のように思われる。

「もしもし、もしもし？」

「はい、ちょっと待って下さい。洗面所の鏡で確かめてみればいい」

「なにがそんなにおかしいの」

「なにもおかしくはないけど。もしもし、お待たせしました。コーヒーを頼むよ」

「いつも自分勝手なんだから」

チェック柄のゆったりしたシャツを着た由紀子がベッドを降りて居間へ消える間に、電話の相手はぼくの名前の頭に「小説家の」という形容詞を、尻尾《しっぽ》に「先生」という敬称をつけて呼んだ。

「のお宅でしょうか？」

「そうです」とぼくは答えて口のなかでつけ加えた。（本を一冊しか書いてない小説家の2DKのお宅です）

「まちがいありません？」

「はい」

「よかった。あの、わたくし、『マガジン長崎』と申す者ですが」

「はい」

「ああ御存知ですか」

敬語のぎごちなさと声から推すと、相手はずいぶん若い男のようである。『マガジン長崎』という雑誌があることも小耳にはさんだことはある。ちょっと大人げないとは思ったけれど、東京の中堅編集者に頭を押えこまれた分だけ、地方の新米編集者に対して背伸びすることに決めた。ぼくは訊かれたことに答えた。

「いや知らない。でも驚きません。こないだは『長崎新聞』という名前の男の人から電話がかかってきたし」

「は？」

「たぶん御存知ないと思うけど、小説家はいまの時間がいちばん忙しいんです。あと五分で仕事にかかります」

「すいません」

「あやまらなくてもいいさ。あなたの時計ではいま何時ですか」

「ええ……十二時三十一分、あ、いま三十二分になりました」

「デジタルなの、君の時計？」

「はい、安物ですが」

「でも正確でしょ？」

「まあ」

「じゃあ、あと三分しかない。用件は手短かにお願いします」

相手は一呼吸おいて喋《しゃべ》り出した。「先生」にぜひインタビューをしたいので、なんとか時間を取っていただきたいと早口で言った。どんなインタビューかとぼくがゆっくり訊ね、相手が、「先生」の十代の頃を思い出して語って貰《もら》うだけです。お手間はとらせません、二時間ほどと、また早口で答えた。「先生」の十代の頃。ぼくの少年時代。二十年近くもむかしの話。自転車、野球、初恋、父の死、そして……。ぼくは二十九歳の小説家として言った。

「で、おいくら？」

「は」

「二時間話していくらいただけますか」

「……ちょっとお待ち下さい」

と相手は言って、片手で受話器をふさいだようである。電話のそばのメモ用紙に備え付けのボールペンでアルファベットを落書きしていると、ふたたび声が聞こえてきた。

「ほんの少しですが、謝礼として」

と地方ミニコミ誌の編集者は言った。

「ほんの少し」

とぼくは相手の言葉をなぞって、

「福沢諭吉ですか、それともえーと……なんてったっけな、あの……」

訊ねながらボールペンでcとdに丸印をつけた。

「……新渡戸稲造です」むこうは答えた。

ぼくはdに濃い丸印をつけた。二時間喋って五千円。時給二千五百円のアルバイト。悪くはないが、しかし五千円では、行きつけの店で一回飲んでぎりぎりの額である。喫茶店で二時間のインタビューをうけて、そのあと食事をして、パチンコで腹ごなしをして、そのままアパートへ帰らずにスナックへ回る。インタビューの受けこたえを思い出して、顔を赤らめたり首をすくめたりしながら飲む。飲むだけだ。五千円では女の子は口説けない。それで一日がつぶれる。翌朝になっても原稿は一枚も進んでいないし、持ち金は昨日の朝と一円も変っていない。もしパチンコで負ければ赤字になる可能性もある。割りにあわない。ぼくはdをバツ印で消しcに二重丸をつけて言った。

「せめて倍ください。それから時間は夕方がいいな。来週の月曜日、六時、場所は白楽天。いかがですか」

「来週の月曜日。六時。場所は……」

と相手はゆっくり区切って復唱した。たぶん呟《つぶや》きながらメモをとっているのだろう。

「中華料理はお好き？」

「ええ、まあ……、場所は白楽天、と」

「じゃあ決めましょう。ああ、お名前は」

「……あ、白井《しらい》です。わかりました。よろしくお願いします」

「よろしく」

電話での商談を終えると、メモ用紙にインタビューの時間と場所とテーマを書きとめた。

破り取って机の前の壁にピンで止めるまえに、cを消してbをまるく囲った。そのあとで、念をいれてこんどは机の右横の壁に貼《は》ってあるカレンダーの日付に印をつけ、空欄に誌名を書き、インタビュー&夕食と書き添えた。p.m.6：00。十代の思い出。ぼくは物事に関して慎重な方である。二時間のインタビュー。十代の頃の思い出を語るだけで一万円の収入になる。

十代の頃のぼく。十代の後半、ぼくはときどき慎重さを見失った。生れつきの性格を発揮できぬほどでたらめな生活を送っていた。無軌道なティーンエージャー。十九歳の若者。十代最後の秋。ちょうど十年になる。思い出すことは小説家としてのぼくの仕事の一つかもしれないけれど、眼をつむってとばしてしまいたい過去もある。十九歳の秋の出来事。ぼくはカレンダーから眼をそらし、首を振った。

正直に言うが、ぼくの情緒をつかさどる神経はもろい。朝から（正確には朝ではないけれども一日の始まりの時刻から)、こんなことを考えるべきじゃない。編集者は十代の思い出と言っただけで、なにも十九歳のときの話をしろと要求したわけではないのだから。だいじょうぶ。いつものように明るさをよそおって、皮肉をまぜて語ればいい。あたりさわりのないエピソードを二つ三つみつくろって喋ればうまくいくだろう。ビールを飲み麻婆豆腐《マーボーどうふ》を食べながら、二時間の間に、若い編集者が何を訊《き》きだせるというんだ。ぼくは机の前の壁に向ってうなずいた。それからメモ用紙のピンを抜いてはずし、くず籠《かご》に捨てた。カレンダーの空欄に書いた「十代の思い出」の上から二本線を引いた。

しかしこの日、ぼくの調子はもう元には戻らなかった。気分はすでに淡く感傷の色にそまっている。頭のなかの眼は過去の方を向いたままなかなか角度を変えようとしなかった。居間から、コーヒーが入ったと由紀子の声がした。ぼくは立ちあがりかけた。感傷的な気分を振り切り、眼を現在に向けようと試みた。そのときまたしても電話が鳴って、ぼくをびくりとさせ、遠い昔の記憶を揺り動かした。

ぼくは椅子にすわりなおし、一度目よりも二度目よりも低く不機嫌な声で口を開いた。

「はい」

「もしもし」と電話の相手は応《こた》えてからつけ加えた。「久しぶり」

「……………?」

「おれだよ。てらい」

「てらい……？」

（……寺井。寺井健太《てらいけんた》……？）

「忘れたのか」

ぼくは喉《のど》の奥で唾《つば》を呑《の》みこみ、受話器を握りなおして言った。

「いや……。しばらく」

「まったく、しばらくぶりだな。元気か」

「電話番号、どうしてわかった？」

「番号は電話帳に出てるよ。新聞社に問い合せて調べたとでも思ったのか？」

「………」

「本、読ませてもらった。九百八十円で買ってな。よかったらサインしてくれないか」

「………」

「ああ、それからまだおめでとうも言ってない。久しぶりにいちど会いたいんだけど忙しいんだろ、いま？」

「……うん、まあ」

「作家先生だもんな」

「ぼくはかまわないけど……」

「そうですか」とからかうような口調で言って寺井が鼻を鳴らした。ぼくは十代の頃の寺井健太が眼を細め、鼻を鳴らすときの表情を思い出した。

「ぼくはかまわないのなら、会ってもらおうかな」

「……いつにする？」

「いますぐ」

「起きたばかりなんだけど」

「待つよ。アーケードの入口に『ホライズン』ってコーヒー屋がある。駐車場のはす向いのビルの二階。わかるか？」

「たぶん」

「おまえの小説に出てくるみたいな脚の長いウエイトレスがいる。そこで待ってる」

「一時間くらいかかると思うけど、いいかな」

「待つって言ってるんだぜ。おれはあのころからおまえを待たなかったことがあるか？」

ぼくは思わず口をつぐんだ。質問の答え――ない。質問の引きだした過去――おまえは一度おれを待たなかった。ぼくは重い口を開いた。

「わかった。なるべくはやく行く」

「おれはおまえを信じてるよ」

そう言い捨てて、十代の頃のぼくの相棒は電話を切った。

ぼくは受話器を置いて、机の上に頬杖《ほおづえ》をついた。これでこの日の調子はすっかりくるってしまった。気分が深く感傷の色にそまり、頭のなかの眼は過去へと固定された。隣りの部屋で由紀子の声が呼んだ。腕時計で時間を確かめてから立ちあがり、パジャマを脱いで身仕度をととのえた。洋服箪笥《だんす》の鏡に映った顔を見て、髭《ひげ》が伸びていることに気づいたが、このままで行くことに決めた。歯は今夜二回分みがけばいい。半袖のシャツの上からスエードのジャンパーをはおった。居間と寝室兼仕事部屋とを仕切る襖《ふすま》のあいだから顔をのぞかせて、由紀子が声をかけた。

「何してるの、電話終ったんでしょ？」

答えなくてもわかりきった質問には答えたくない。黙って居間へ歩いた。

「だれからだったの？」

「男」

「だれ？」

答えてもしようがない質問には答えたくない。黙ってテーブルのコーヒーカップをつかむと、立ったまま一口飲んだ。それから、下着の上に男物のワイシャツしか身につけていない女にむかって、着替えるように命じた。

「出かけるの？」

「見りゃわかるだろ」

「どこへ？」

ぼくは琺瑯《ほうろう》びきのカップをテーブルの上に乱暴に置いた。

「何してるのだれからだれ出かけるのどこへ。いいかげんにしてくれよ朝っぱらから。クエスチョンマークで頭のなかを引っ掻《か》かれてるみたいだ」

「もうお昼じゃない」

「何時だろうと、ぼくが起きた時刻が朝だ」

「どうしたの？　急に」

「まただ。いいからはやくその格好をなんとかしてくれ」

しかし由紀子はその格好のままテーブルの前に座って言った。

「あたしは出かけないわよ」

「仕事はどうする」

「まだ一時前じゃない」

「ぼくはこれから出かけると言ってるんだぜ」

「ご勝手に」

ぼくは語調を強くして言った。「ここはぼくの部屋だ」

由紀子が語調を合せて言った。「あたしはこの部屋の鍵《かぎ》を持ってるわ」

「………」

「あなたがくれたわ」

「………」ぼくは黙ってうなだれた。

たしかにぼくは彼女にこの部屋の合鍵を与えた。彼女はぼくが初めて部屋の合鍵を与えた女性である。が、だからといって彼女が、いままでぼくが交際してきた女性たちにはない何かを持っていたというわけではなく、ぼくの交際のしかたに彼女の場合だけ特別の変化が現われたわけでもない。単なる偶然である。はずみなのである。

初めて由紀子を口説き落した夜、ぼくは彼女が働いているスナックとそのあと待ち合せの店でも飲みつづけ、したたか酔ってしまっていた（なにしろそれまでに素面《しらふ》や中途半端な酔いで口説いては失敗を重ねていたのでこれはしようがない）。ようやく自分の部屋の前にたどりついたとき、どうしてもポケットの中の鍵を見つけることができなかったほどである。弱っていると、そばで見ていた由紀子が（彼女の方もかなり飲んでいたと思うが）、「あたしにまかせなさい」などと言いつつ手のひらで胸を二、三度たたいてみせて、バッグから鍵をとり出すとぼくの部屋の扉を開けてしまった。「信じられない。君は手品師か」とぼくが口をあんぐりあけ、「そうです。あたしは引田天功《ひきたてんこう》だったのです」と彼女が哄笑《こうしょう》した……ようにも思うのだが、この会話は夢の中で聞いたのかもしれない。夢ともつかず現実ともつかず、なんとかかんとか女をベッドに引き入れることに成功して、翌朝、由紀子から少しずつヒントを貰《もら》いながらぼくはやっと思い出した。

ぼくたちは待ち合せの店からまずラブホテルへ向ったのである。タクシーを降り、ホテルの入口をくぐり、受付で泊り料金を前払いして、二階の部屋へ通じる階段を上った。鍵をドアノブの穴につっこもうとするのだがどうしても入らない。すると脇《わき》から由紀子が、「それは違うでしょ」と言って、正しい鍵を差し出した。ぼくは「ああ、失敬。どうもありがとう」とか言ったそうである。「どういたしまして」それからぼくたちはおじぎして、お互いの鍵を交換した。だからその後、ホテルをすぐに出てぼくのアパートに着いたとき、部屋の鍵はぼくのポケットではなく由紀子のハンドバッグの中にあったのである。ホテルをすぐに出たのは、洗面所に使い捨ての歯ブラシが二本しかないことを由紀子が風呂場の様子を見に行ったついでに発見したからで、彼女は夜寝るまえと朝起きたときに歯みがきの習慣があるからどうしても一人で二本要る。ぼくも同じだ。ぼくも二本要る。ということは四本必要なのに二本足りない。さめた頭で考えればそんなことはどうだっていいのだけれど、酔いのまわった男と女にとっては難問だった。二人で十分ほど考え合った末（といってもぼくは憶《おぼ》えていないので、ほとんど由紀子が一人で決断したのだと思うが）、二本の使い捨ての歯ブラシを持ってぼくの部屋へ泊りに行くことになった。ぼくは普段から、まだ一度もベッドをともにしたことのない女性の言うことはたいてい聞く方だし、おまけに泥酔していたこともあって、前払い料金を惜しむのも忘れ黙って女の後に従ったのである。……ということを朝ベッドの中で思い出して、隣りに寝ている由紀子とちゃんとやることはやったのだろうか、やったとすれば避妊やその後始末はどんなふうにしたのだろう、などとぼんやり心配していると、ふいに彼女が、部屋の鍵をもう一つ持っているかと訊ねた。持ってるよ。じゃあ、あの鍵はあたしが持っててもいいわね？　いいよ。

こうしてぼくは彼女に部屋の合鍵を与えた。何もとりたてて特別な意味はない。つまり、扉が自動ロックで料金は部屋に備え付けのシューターで支払うシステムのホテルではなく、受付で部屋の鍵を貰うオーソドックスなホテルへタクシーが着いたのは偶然である。たしかにベッドはともにしたけれど詳細がはっきりしない女に、あたしが持っていいわね？　と訊かれて思わず、いいよ、と答えたのがはずみだというのである。

しかし今日、女に「あなたがくれたわ」と詰め寄られていまさら、あれは偶然とはずみが重なっただけだと答えたってはじまらない。それにだいたい、二カ月も三カ月も前のことをいまとつぜん言いだされてまともな答え方ができるわけがないのだ。ぼくは心のなかでぶつぶつ呟《つぶや》きながら、うなだれるしかない。

「そうでしょ？」

「……そうだよ」

「じゃあ急用があるなら一人で出かけてよ。あたしはここでゆっくりコーヒーを飲んでからあたしのアパートに帰るから」

ぼくは立ったままでもう一口コーヒーをすすった。お互いにカップを盾《たて》にして、ぼくの方が上から見おろすかたちで視線を合せようとしたが、相手はその気がないようだった。ぼくはテーブルの上、彼女の左肘《ひじ》の脇に置いてある朝刊に視線を向けて言った。

「今日は何曜日だろう」

「木曜日」

「じゃあ明日は金曜か」

とあたりまえのことを呟いて歩き出したのは、ただ沈黙したまま台所を抜けて玄関へ行くのが嫌だっただけで、他意はない。しかし後から彼女の声が追いかけてきた。

「あさっての土曜――」

「ん?」ぼくがあがり框《かまち》のところで振り向いた。

彼女はテーブルに向って座ったまま、ぼくに背中を見せたまま言った。

「あたし、来られないかもしれないわ」

「……どうして?」

ぼくは同じように相手に背中を向けてしゃがみ、スニーカーの紐《ひも》を結びなおしながら訊ねた。

だいたい週に二度、ぼくと由紀子はこの部屋で朝まで一緒に過ごすのが習慣である。一度は火曜か水曜か木曜の夜とゆるく決っていて、もう一度は(月に二回の日曜が彼女の勤めるスナックの定休日ということもあって)土曜の夜ときっちり決っている。別に二人で話し合ってそう決めたわけではなく、いつのまにか、とくにこの一カ月ほどの間にそういう習慣ができたのである。ぼくは靴紐を結び終えて、立ちあがるまえにふたたび背中で背中へ訊ねた。

「どうして。日曜に何かあるのかい」

背中が背中へ答えた。

「……べつに、何もないけど……」

男はドアを開けながら言った。

「ぼくはかまわないよ」

「ねえ……」

と女が振り返って声をかけた。ぼくはアパートの廊下に立ち、ドアのノブを握ったまま、相手の顔を見返した。

「なんだい？」

「靴下のマークが右と左と違ってるわよ」

ぼくはうつむいて自分の足元を確認した。右の靴下にはペンギンの絵が、左にはパイプの絵がそれぞれ刺繍《ししゅう》してある。この白い靴下は以前、洋品店の売り子を口説くために通いつめていた頃、仕方なく買い集めたものである。ペンギンの図柄入りのポロシャツもセーターも、箪笥《たんす》の中には何枚も入っている。大きなお世話かもしれぬが、洋品店の売り子とは恋愛しない方がいい。必要以上に金がかかるし、あとで洋服箪笥の整理に困る。ぼくは顔をあげて、さっき答えをもらえなかった質問をもういっぺんくり返すことにした。相手がわざわざ振り返って話したかったのは靴下のことではなかったはずである。

「それで？　ねえ、なんだい？」

「ううん、なんでもない」

「もういくよ」

由紀子は次の言葉を考えているようだった。ぼくは待った。しばらくして、

「いってらっしゃい」と女が言った。

「戸締まり頼んだよ」

それからふたりはまた背中を向けあった。

2

喫茶店の窓からは向い側の駐車場が見えた。

かつてぼくはその駐車場に勤める男を主人公にした小説を書いたことがある。正確にいえば書きかけたことがある。原稿用紙二百枚になる予定の作品は、ちょうど半分の百枚ほどのところで中断した。その代りにぼくは新人賞受賞後、第一作として短編小説を書きあげることになった。

もう十年以上も前の話になるけれど、駐車場にはぼくの仲間が働いていた。当時すでに二十代の後半だったから、いまは四十近い中年男になっているはずである。色白で端正な顔立ちのその男は決して声をたてて笑わなかった。大酒呑《の》みで、博打《ばくち》好きで、女も手あたりしだいという男だったけれど、高らかに哄笑《こうしょう》することはなかった。ぼくや寺井と、それからその夜知り合ったばかりの女たちと乱痴気さわぎの最中《さいちゅう》でも、彼は低い声でぼそぼそ呟き、その声はすぐ隣りの女には聞きとれても周《まわ》りにいるぼくたちには不明瞭なのだった。彼は、客が乗りすてた車を駐車スペースまで移動させ、半券を持ってふたたび現われる客をひたすら待ち、レジスターを叩き、支払いを要求し、レシートを渡し、車で去っていく客を見送る、という仕事を何年もつづけていた。彼は仕事に不満をもたず、経営者と客は彼の仕事ぶりに満足し、ぼくと寺井は彼の酒の強さを、博才《ばくさい》を、女を口説き落す手並みを認めていた。しかしぼくたちはまだ十代の少年だった。無軌道《むきどう》で、世間知らずで、そのくせ常識の尻尾《しっぽ》を切りすてる勇気もなく、二十歳を越えた大人に対しては冷酷だった。ぼくたちは彼を遊び仲間の先輩としては認めたけれど、一人前の男としては評価しなかった。

十年後のおまえの姿がそこにある、と寺井は彼のいないところで自虐をこめてぼくに言った。妻も子もいない二枚目のろくでなし。それは十代のぼくにとって、ときに魅力的な理想であり、しばしば人生の敗者として蔑《さげす》みの対象だった。ぼくはときに彼を愛し、ぼくはしばしば彼を憎みはじめた。とくに、彼があるときぼくに向って、何か人にできない事をやりそうだと素面《しらふ》のまじめくさった顔で無責任な予言をしてからは、彼を疎《うと》んじ、遠ざけるようになった。ぼくは人にできないことなど何もやりたくはなかった。十代のぼくは人ができることをすべてやってみたかったのである。ぼくは何かになりたいのではなく、何もかもになりたかった。博打うちにも女のヒモにも客引きにも教師にも公務員にも医者にも地主にも兵隊にも殺人者にも陰の黒幕にも革命家にも恋人にも役者にもサラリーマンにもそして駐車場の受付係にも。しかし彼は自分じしんのことを何もやっていないと考え、ぼくに対しておまえは何かをやるだろうと予言したのである。ぼくは自分が何もしていないと考えるような駐車場の受付係にはなりたくなかった。ぼくはぼくの十代の人生から彼を切りすてた。寺井よりも先に、ぼくは彼から遠のいて行った。

それから時が流れ、彼の物語を書こうと思い立った。実際の彼の思い出を書くのではない。実際はそうでなかったことに対する批判と、実際はそうであって欲しかったという願望とかある人物に関する伝説が出来あがるのだと誰かが言っていたけれど、それとちょうど同じたくらみで、ぼくは彼の物語を書こうとした。しかし半分しか書きつづけることができなかった。たぶん正確に昔を思い出しすぎたのである。十代の数々の冷酷さを思い出したとたんに、ぼくはいたたまれぬほど感傷的になってしまった。百枚の原稿は甘ったるい思い出話に終始していた。感傷的な話は小説として成立しても、感傷的な気分でそれは書けない。ぼくは投げ出し、以後、ぼくじしんの十代に題材をとることは注意深く避けるようにしている。

……ぼくの十代。前半は祖母によって冷酷さをつちかわれ、後半はその冷酷さを発揮させた。とくに十代最後の年。駐車場の入口に白い車が止った。ぼくはそれまでの総仕上げのような冷酷さを。あのころ寺井が乗っていたのも白い車だった。ある女性に対して。ブルーバード？　見せた。

寺井が言った。

「あいかわらずだな」

「……？」

「そのジャンパー」

「……ああ」

ぼくはテーブルをはさんで寺井を眺めた。緑と白の横縞が入った長袖のポロシャツを着ている。十代の頃、寺井はどんな服装をしていただろう。

「小説の主人公も着てたっけな」

「うん……」

「おやじの形見か」

「そんなんじゃない」

沈黙が訪れた。その沈黙を破るためだけに、寺井が笑いながら言った。

「でたらめばっかり書きやがって」

笑うと上の歯ぐきがのぞく。ほとんど十年ぶりに見る笑顔だった。ぼくにはわからないが、きっと歯のいろも歯ぐきのいろも十年分の若さを失っているにちがいない。

「そうだろ？」

「まあな。小説だから」

黄色いミニスカートのウエイトレスがぼくのコーヒーを運んできた。寺井の前にはホットミルクのカップが受け皿に載っている。ふたりとも、酒以外の飲み物の好みは変っていない。

寺井がウエイトレスの後姿へ顎《あご》をしゃくって訊ねた。

「どうだ？」

「なにが」

「脚が長いだろうが」

「若すぎるよ」

「十八」と寺井が言い、

「十六」とぼくがコーヒーを一口飲んでこたえた。

「十七」と寺井が言い直した。「高校中退ってとこか」

「ひとまわり違う」

「もうドライブには誘えない？」

「車は」

「いまは乗ってない」

お互いに自分のカップを口へ持っていき、窓の外をながめた。

「どうしてるかな」

ぼくが呟くと、それで寺井には意味が通じたようだった。

「さあね」

「もう四十くらい？」

「生きてればな」

「生きてれば？」

「そうとう女に恨まれてたからな。刺すの刺さないのって」

「あったな」

「それにいい年してボンド、シンナー……」

「うん。地球の自転が見えるんだって言ってた」

「それからシャブ」

「……覚醒《かくせい》剤？」

寺井は窓の外を見るのをやめて、煙草に火をつけた。ぼくは灰皿の二本の吸い殻を見て言った。

「そんなことがあったか」

「あったさ。おまえが知らなかっただけだ」

「……知らなかったな」

と相手の指摘を認めて、ぼくはくい違った記憶を少したどってみた。寺井の喫《す》っている煙草の銘柄が変ったような気がしたが、しかし寺井はむかしから同じものを喫っていたというのかもしれない。いま彼はどこにいるのかと訊ねると、知らないとだけ答えが返ってきた。

「会いたいのか？」

「いや」

「なら訊《き》くな」と寺井が言った。「会いたくもない人間のことなんか訊くな」

口調は平板でなんの意味も含まれていないようだった。しかしぼくはそう言われて、どう応《こた》えればよいのかわからない。ぼくが煙草をつけ、むこうが煙草を消した。灰皿の中に他の二本よりも長い吸い殻が一つ増えた。ぼくは寺井にいま何をしているのか訊ねた。

「結婚したよ」と寺井は答えた。

「そう」

「誰かに聞いたか」

「噂を少しだけ」

「七年も八年も前の話だよ」

「どんなひと？」

「おまえが札幌に逃げたあとに知り合った女だ」

「………」ぼくは黙りこんだ。次の言葉を考える暇を与えずに寺井がつづけた。

「まちがってるか？」

たぶん、自分の表現のしかたにまちがいがあるかと、寺井は訊ねたのだろう。まちがいがあるとも、まちがいがないとも、ぼくは答えなかった。

　十代の頃、二人の少年の会話にはこんなよどみはなかった。あるいはよどみのある会話など必要ではなかった。ぼくたちはほとんど喋《しゃべ》らずにお互いを理解し合っていた。すくなくともぼくはそう記憶している。十代の寺井に対して、言葉をつくして何かを説明したおぼえなどない。説明しようとも思わなかった。言葉での説明は要らないとぼくは考えたのであり、その代りぼくも寺井には同じことを要求しなかった。……けれど。ぼくは黙って灰皿を手もとに引き寄せた。けれど一度だけ、十年前の一度だけ、ぼくたちは話し合うべきだったのかもしれない。寺井はあのときぼくの言葉を欲しがり、ぼくはあのときそれがわかっていながら逃げたのかもしれない。……けれど。ぼくは黙って煙草を灰皿に押しつけた。けれど、そうであったとしても、もう手おくれなのだ。寺井がぼくの沈黙と動作を軽い息だけで笑った。

「いまは何もしてない」

　と寺井は話を変えて、五分ほどまえのぼくの質問に答えた。

「ツキのない失業者だ」

「……そう」

「どうやって食ってるか訊かないのか」

「訊きたいね」

「競輪さ」

「競輪で食えるのならそれがいちばんんだ」

「冗談いうな」

「本気だよ」

「出世した男が失業者をなぐさめるわけか」

「そんなこといってない」

「じゃあなんだ。新聞に顔写真入りで利いたふうなことを喋ってるのはなんなんだ」

ぼくは言葉につまった。また言葉だ。また初対面の人間に向ったように言葉ではじめから語りおこさねばならない。ぼくの口から長くため息が洩《も》れた。まるで十年分のため息のように思われる。ぼくは十年まえの相棒のために、ため息を言葉に訳した。

「おれがあのとき、逃げたということは、……認めてもいい」

「どういうことだ」

「つまり、……おまえはまちがってないよ」

「つまりおれは何もまちがってないのに失業者で、まちがえたおまえが成功したってことか」

「……よくわからないけど」

「ケッ」

「あのとき、おれは……」

そう言いかけるのを寺井は無視して訊ねた。

「聞きたくないのか？」

「……？」

「彼女のことさ。いま彼女がどこで何をしてるのか、おまえ聞きたくないのか」

「………」

「どうなんだ」

ぼくは考えた。三十秒ほどでいつもの結論が出た。しかしぼくはもう三十秒ほど考えてみた。寺井はじっと見つめている。

「聞きたくないよ」

「嘘《うそ》だ」

「聞きたくない」

「嘘だ。腕時計なんか見るな」

時計は午後二時をさしていた。ぼくは嘘をついた。

「悪いけど三時に人と会う約束があるんだ」

「それがどうした」

「こんな話をおまえとしたくないんだよ」

「こんな話？」

「なあ、おれたちはもう二十九だ。もう十年たったんだ。一昔前の話だよ。いまさら何をどう話したってしようがない」

「彼女はいくつだ。昔のことはみんな忘れちまってそれでおしまいか」

「悪いけど約束が」

「まだ一時間ある」

「会う場所が遠いんだ」

「すわれ」

と寺井が命じた。ぼくは中腰のままためらいながら、相手の視線を受けとめた。一重まぶたの、細いけれどくっきりした眼が真正面から見つめている。高い鼻梁《びりょう》、紅い唇。ベッドに入ると女がかならず人差し指で撫《な》でたくなるらしいんだ、と彼は言っていた。女の指先で撫でつづけられたはずの鼻梁は年とともに彫りを増し、唇のいろは褪《あ》せている。それから眼鏡が似合いそうってかならずつぶやくんだ、とも彼は言っていた。「すわれよ」と彼がくりかえした。ぼくはふたたび腰をおろし、椅子《いす》に背中をあずけて訊《き》いた。

「あいかわらず眼はいいのか」

「ん？」

「眼鏡」

「……ああ」

「かけろって奥さんは言わないのかい」

「忘れていいことをおまえは憶《おぼ》えてるよ」

「いいこととわるいことの区別くらい自分でつけるさ。いったい何が言いたいんだ」

「……？」

「なぜおれを呼び出した。用は何だ」

「用がなけりゃおれたちは会えないのかな」

「よしてくれ」とぼくは頼んだ。「たしかに、おまえはあの頃のおれのことを知りつくしてるかもしれないけど、おれだっておまえを知ってるんだ。十年ぶりに同窓会で会ったみたいにからむのはやめろよ。用があるからおまえは電話をかけた。おれはそれがわかったからここへ来た。話があるのならそこから始めろ」

言い終って煙草をつけ、ライターをテーブルの上に放り出した。ブルーのライターはテーブルを辷《すべ》り、寺井がすわっている側の端でかろうじて止った。ライターには白い文字で、“BECAUSE”という店の名前が描かれている。二人の男はそれを確認したあとで、一人が口を開いた。

「怒るなよ」

それからテーブルの上で両手の指を組み合せて、寺井はつづけた。

「わかった。本当は一つ頼みがあるんだ。それでおまえに電話した」

ぼくは身を乗りだしてライターをつかみ、手もとのハイライトの箱の上に載せ、もういちど椅子の背によりかかって訊ねた。

「頼みって何だ」

テーブルの上で両手を組んだ男が言った。

「女をひとり世話して欲しい」

「……なんだって？」

「若い女をひとり」

ぼくは相手の顔を見守りながらゆっくり煙草を消し、スエードのジャンパーを脱いで横の座席に置いた。あらためて目の前の男を見つめた。冗談を言っているのではないようである。

「どういう意味だ？」

「言葉通り」

「言葉通りって……。おれがおまえに女を世話するのか」

「そうだ」

「どうして」

「おまえは金持ちで、若い女をいっぱい知ってるんだろ？」

ぼくは短くうつろな笑い声をたてた。

「誰が言った」

「みんな噂してる」

ぼくはふたたびうつろな笑い声を残して言った。

「金はもうない。女はほとんどデイトクラブだ。半年も前の話だよ。いまは毎日暮していくのでせいいっぱいなんだ」

「どうやって暮してる」

「一枚二千五百円の原稿料と、念のため最初にいれといた定期を解約して……」

と思わず素直に余計なことを口にしかけて、途中で思い直し、

「でも、どうして、おれがおまえに女を世話しなきゃならないんだ？」

「さあね」

寺井は組んだ両手をほどいて膝《ひざ》のうえにのせた。窓の外へ視線を走らせ、手もとに視線を落し、ミルクカップに視線を移し、最後に見る物を失《な》くして眼をつむった。三秒ほど後に眼を開けた男は、片肘《ひじ》をテーブルについて、いかにも重そうに掌で顎《あご》をささえ、空いた手でカップのつまみをいじりながら呟いた。

「わからんよ。どうしてなのかおれにはよくわからない。ただ、いまのおれには必要なんだ。あしたの夜までにどうしても女が一人欲しい」

「あしたの夜まで……」

「そう。で、あさっては土曜ってわけだ」

ここで寺井は頬杖《ほおづえ》をついたままぼくの顔をちらりと見た。ぼくはその視線をのがれて、

「あさっては土曜……」

と意味もなくおうむ返しにつぶやき、窓越しに向いの駐車場をながめた。白っぽい色の似たような型の車が三台、進入口の手前に列をつくっている。赤い軽乗用車が左へウインカーを点滅させながら現われて、先頭の白い車の前をかすめるように駐車場をあとにした。あの頃、寺井が乗っていたのは白のブルーバードだった。駐車場に勤めていた男の世話で、わずか五千円で手に入れた中古だった。ぼくたちはどこへ行くにもそのポンコツを利用した。昼も夜も。二人きりのときも女を入れて四人のときも、人気《ひとけ》のない海へもオールナイトの酒場へも、映画館へも友人の家へも郊外のホテルへも。そして競輪場へも。十代の少年はほとんど自分の脚を使わなかった。

そのころ自分の脚を使って歩くのは子供とまだ生き足りない老人だけのように思えた。ぼくたちの眼は車の中から、若い女の顔しか捜さなかったし、ぼくたちの頭には、彼女たちのからだのふくらみやくぼみのことしかなかった。たぶん当時のぼくたちの世界には、子供とまだ生き足りない老人と、そして若い女と男だけしか存在しなかったのである。世界は狭く、ルールは単純だった。寝るか寝ないか。当りかはずれか。生きているか死んでいるか。けれどあれから十年の月日が流れて、ぼくは自分の脚を使って歩く人間になった。ぼくは子供でもまだ生き足りない老人でもない。いまぼくが生活する世界のルールは単純ではない。別に複雑を好んでこうなったわけではないけれど、単純では暮していけない。ぼくはテーブルの向う側の男に言った。

「ばかげてる……」

「そうかな」

「悪い夢でも見てるみたいだ」

「でもおれは女が必要なんだ」

「自分でみつけろ」

「おまえに紹介してもらう。どう考えてもおまえしかいないんだ。どう考えてもそれしかない」

ひとつ息を吐いてぼくは言った。

「ごめんだね」

「ジンクスだぜ」と寺井がようやく言った。まるでオールマイティのカードを示すように聞こえる。

「忘れたのか」

「憶《おぼ》えてるさ」もういちど息を吐いてぼくは答えた。十年前のおとぎ話だ。ぼくたちの世界にはかつて、競輪開催日の初日（土曜日）までに女と寝ないと持ち金をすってしまうという言い伝えがあった。それも見知らぬ女と。自信家で女と博打《ばくち》好きの誰かが考えついたに違いない。たしかにそんなジンクスが仲間うちでいつのまにか幅をきかせていた。自信家で女と博打好きのぼくたちは根強い信奉者だった。

「一昔前の子供の迷信だ」と自分に言いきかせるようにぼくはつぶやいた。ミミズにおしっこをかけると腫《は》れる。スイカの種を呑《の》みこむと盲腸になる。

「ちがう」と寺井は首を振った。「迷信じゃなくてジンクスだ。おれは子供じゃない。金が要るんだ。……わからないか？」

ぼくの片手はこのとき自然に左眼をおさえていた。たしかにジンクスという言葉はいつもぼくのそばにある。ジンクスは単純な世界にも複雑な世界にも存在する。こんな悪夢のような頼み事をされて、ぼくの左眼がかすんでいないはずはないのだ。しかし、そうではなかった。ぼくの眼は正常をたもっていた。寺井が静かにつけ加えた。

「競輪で当てるしかないんだよ」

ぼくは左眼に添えた手をはなしてくり返した。

「ばかげてる」

「それでもかまわない。おれはむかしのジンクスをもう思い出したんだ。あしたの夜までに女をみつけてもらう」

「ことわる」

「おまえはことわれないよ」と寺井が言った。

「おれは決めてるんだ」

ぼくは言い返さなかった。たぶんそのせいで、寺井はなにか言いづらそうに次の台詞《せりふ》を口にした。

「おれはおまえに貸しがあると思ってる」

「貸し？」

ぼくはいぶかしげな表情で問い返した。けれど無駄だった。おれはおまえに貸しがある。いつ寺井が言いだしてもおかしくない台詞に違いなかった。

「やめろ」寺井がぼくの顔から視線をはずして言った。

ぼくは無駄な表情を消した。ぼくたちは互いに椅子の上で尻をずらしてすわりなおした。寺井はぼくに貸しがある。ぼくは寺井に借りがある。きっと二人とも同じテーマを長いあいだ暖めてきたのだ。

「彼女とのあのことがあってから」とまず寺井が口火を切った。「おれは――」

しかしぼくはすでに耐えられなかった。ぼくはすでに心のなかで決めていた。

「わかったよ」

「……？」

過去の大きな悪夢を目の前につきつけられるくらいなら、むしろぼくは現在のささやかな悪夢の方をとる。

「あしたまでに見つければいいんだな？」

寺井が口をなかば開いたままぼくを視《み》つめた。言葉は出てこなかった。口を閉じ、言葉を捜し、もういちど口を開くまで、寺井にとってはたぶん短く、ぼくにとっては長すぎる沈黙があった。沈黙のあいだに、寺井はこんな言葉を見つけていた。

「おれには、信じられないよ」

「………」

「彼女とのことはいったい何だったんだ?」

「………」

「おれは忘れてない。ずっと気にかけてきた。他の女といるときにも、女房と一緒になってからも、彼女のことは」

「なあ……」

「彼女のことだけが気がかりだったんじゃないぜ」

「……たのむよ」

「おまえたち二人のことが気がかりだったんだ」

「十年前」

とぼくがいきなり口走り、相手が黙った。相手の表情をうかがうために視線を上げてはじめて、自分の手がふたたび左眼をおさえていることに気がついた。が、左眼の視力はいぜんとして正常である。何故《なぜ》なのか不思議なくらいだ。次に何と言うつもりで「十年前」と口にしたのかさえ不思議に思える。

「あのことは……」ぼくはかろうじて言った。「もう終ったことだ」

「ちがう。終ってないから、おれたちはこうして会ってるんじゃないのか」

「おれはあのときおしまいにしたんだ。ちがうと言うのなら、それはおまえだけの問題だろう。おまえ一人の」

「あいた口がふさがらないよ」

「………」

「十年でずいぶん変ったもんだ」

「変ってなんかいない」

「かしこくなったさ」

「年だよ。来年は三十男だ」

「拍手しようか？」

「………」

「何か言えよ。昔みたいに」

「女を見つけたらどこへ連絡すればいい」

寺井は肩を落し、深い吐息をついた。そして細い眼でぼくを見返して言った。

「あしたの六時。ここで」

「わかった」ぼくはジャンパーをつかんで立ちあがった。

寺井がすわったままぼくを見上げてつぶやいた。

「何もわかっちゃいないよ、おまえは」

ぼくはジャンパーを着て背中を向けた。

「伝票を忘れるな」

振り向いて、テーブルの上の伝票に手をのばした。そのとき寺井が言った。「もういちどだけ訊くけど、彼女に会いたいとは思わないんだな?」

「思わない」

3

寺井健太と別れたあと、ぼくが街で最初に出会った女は妹の桃子《もも こ》だった。

桃子はぼくより五つ年下だから、今年で二十四歳になる。結婚して二年目……あるいはもう三年目に入っているかもしれない。

ぼくは妹の結婚についてはだいたいのことしか知らない。結婚式にも披露宴にも出なかった。親族は誰ひとり（叔母を除いて）出席しなかったのである。みんなは、妹の結婚話にのっけから反対だった祖母に気がねをして知らぬふりをしていたのだし、ぼくはぼくで、その頃ちょうど生れてはじめてとりくんだ長編小説にかかりきりで、他のことなど考えられる状態ではなかった。もっとも、結婚式といっても当人たち以外には、むこうの兄夫婦とこちらからは叔母だけが立ち会うささやかなものだったらしく、披露宴にしても、新郎の行きつけの酒場を借りきって仲間うちで祝っただけだと、叔母から聞いている。

祖母が桃子の結婚に反対しつづけたのは、むろん相手の男が気に入らなかったのである。はじめて桃子が恋人を家に連れていって祖母と対面させたとき（それがいまのところ最後の対面になっているはずだが）、祖母は、男の仕事のこと、家族のこと、学校のことを聞いてしまうとそれっきり口をつぐみ、あとは濃いめの茶をすすったり、その茶をもっと濃くいれかえろと手伝いの女性に言いつけたりするばかりで、そばにいた桃子や母に、それからもちろん当の男に、何杯も飲まされた茶よりも苦い思いを味わわせたらしい。彼が帰ったあと祖母は、若いのに髭なんかはやしてろくな男じゃない、と一言感想を述べた。けれど本当に祖母が気に入らなかったのは、妹に言わせれば、彼の学歴のこと（高校までしか出ていない）や、彼の家族のこと（両親とも早くに亡くなっている）や、とくに彼の仕事のこと（そのころ彼は兄の経営する食堂を手伝っていた）の方で、彼が二十歳のときからのばして手入れに気をつかっている口髭ではなかった。なぜならその後、祖母は、面とむかってはいわないけれど母を通して、学がない男とか、どこの馬の骨かわからぬとか、うどん屋に嫁がせるわけにはいかないといった表現を妹の耳に届かせたのである。

結局、桃子は式をあげるまえに家を出ることになった。ぼくの想像では、そのとき祖母は、おまえが勝手なまねをすればこちらにも考えがあると、極めつけのそれでいて曖昧《あいまい》な脅《おど》し文句を一度だけ口にしてあとは背を向けたはずだし、母は、おばあちゃんの言う通りにしていればまちがいはないと、いままで何十ぺんも何百ぺんも使った台詞《せりふ》をくり返したはずである

(ぼくが叔母に借金をしてアパートを借り、家を出ると告げたときも二人はそうした)。そして、桃子が耳をかさずに家を出て勝手に式をあげてしまったあとでは、叔母から聞くところによると、祖母は「うどん屋の嫁になんかなっちまって」といまでもときどき渋い口調で批難しているそうだし、母はそのたびに音のない吐息をそっとつく。

ぼくは当時いちどだけ妹に紹介されて彼に会ったことがあるが、そのときの印象としては、人の良さそうな感じがしただけであとは何もない。立派な髭のわりには頼りなさそうな気がちょっとしたけれども、妹が惚《ほ》れたのならそれもしようがないといった気持ちで、小説書きに戻った。

書きあげてからこれまでに二三度、彼が手伝っていた兄夫婦の店で、それから彼が自力で始めた彼じしんの店でカウンター越しに会ったが、印象に変化はない。ただ、小さいけれど自分で一つの店をかまえるぐらいだから、見かけの頼りなさそうなというのは訂正したほうがいいかもしれない。半年ほどまえに開店した彼じしんの店というのは、ハンバーグ料理を主に食べさせる定食屋である。だからいままでは、祖母の「うどん屋の嫁になんかなっちまって」という批難はあたらない。もっとも兄夫婦の食堂にしたって、カツライスもハンバーグ定食もスパゲティも焼きうどんも何でもこいの店であって、別にうどん屋ではない。どんな物を食べさせる店かという彼の説明をあのとき聞いて、祖母は自分のいちばんなじみのある食べ物を記憶にとどめ、ことあるごとに「うどん屋の男」などと主観的表現を用いていたにすぎないのである。

それにだいたい（誤解をさけるために言っておくが）、いつ会っても妹はうどん屋の女房といった感じではない。きょうの桃子は、まるで、二三年就職浪人をつづけている女子大生みたいに見えた。薄みどりのカーディガンに白のブラウスに灰いろのスカート。……という服装をうどん屋の女房がしていけないとは言わないが、しかしやはりうどん玉をあつかう格好ではないだろう。ハンバーグを焼く格好でもない。要するに、どんな食べ物屋の嫁になろうと、妹は妹なのである。女は女なのである。

「お兄ちゃん」と、ハンバーグ屋の若妻はぼくを呼び、アーケード街のまんなかでもういちど叫んだ。「お兄ちゃん！」

ぼくは少しだけ歩く速度をゆるめただけで、立ち止らずに相手が駆け寄るのを待った。

「お兄ちゃんたら」

ぼくは歩きつづけながら叱った。

「こんな街のまんなかで大きな声を出すな」

桃子が並んで歩きながら小声になって抗議した。

「小さな声じゃ聞こえないでしょ」

「最初から聞こえてる」

「なら返事しなさいよ」

「なんて言うんだ。桃子ちゃん！　て叫び返すのか。こら引っぱるな」

妹は兄のジャンパーの裾《すそ》をつかんで立ち止った。

「どこ行くの」

まさかガールハントにとは言えないから、ぼくは質問に質問でこたえた。

「桃子、こんなとこで何してるんだ、こんな時間に。店の方はいいのか？」

「ちょっと話があるの」

ぼくは妹の顔を見ながら、祖母と母の顔を思い出して言った。

「あの人とおふくろの話なら聞きたくない」

「ううん。あたしの話」

「どうした？」

「こんなとこで？」

と妹は周囲に眼をやって言う。アーケード街を行き来する人の流れが、ぼくたちのせいですこしだけ淀《よど》んでいる。歩いてきた方向へ顎《あご》をしゃくって妹が誘った。

「あっちへ戻ればおいしいコーヒーを飲ませる店があるんだけど」

「このまま歩けばうまいカレーの店がある」

「おひる、まだなの？」妹が左の手首を返して訊《き》いた。「もうじき三時よ」

「朝飯がまだなんだ」と言い捨ててぼくは歩き出した。

「いったいどんな生活してるの。ちょっと待ってよ」

ふたたび並んで歩きながらぼくは叱った。

「大きな声を出すな。うどん屋の嫁じゃあるまいし」


店の中へ入ると、兄と妹はテーブルをはさんで向い合い、ぼくはチキンカレーを桃子はあれこれ迷った末に紅茶を注文した。遅い朝食が運ばれてくるまでの間、手もちぶさたのぼくは桃子に訊《たず》ねた。

「話って何だ？」

しかし相手は紅茶に浸した輪切りのレモンを時間をかけてスプーンですくいあげるまで、口をしっかりむすんでいた。それから顔をあげて言った。

「なあに？」

「不器用なんだ、おまえは。昔から」

「親ゆずりよ」

ぼくは花を生けている母の手つきを、茶をたてている祖母の指先を、ずっと昔の記憶を頼りに思い描いた。たぶん桃子は父親ゆずりだと言いたいのだろう。

「仕事、はかどってるの？」

「おまえの方はどうなんだ。店は益夫《ますお》くん一人でだいじょうぶなのか」

「定休日。月に一度の例会の日なの」

「あいかわらずやってるのか」

「うん。あいかわらずやってる」

と、いま義理の兄と妻に噂されている男の名前は松永《まつなが》益夫といい、趣味はウインド・サーフィンなのである。ウインド・サーフィンといきなりいわれても、どんなサーフィンかよくわからない方は大勢いると思う。ぼくだってよくわからない。とにかく海の上を何かにつかまって風の力で滑るのである。そのどこがどんなふうに楽しいのかはやってみなければわからないと、本人はいつか言っていた。人がやらないことをやっている人間はたいてい同じことを言う。ウインド・サーフィンがこの世に誕生してまだ二十年にもならない。にもかかわらず、ロサンゼルス・オリンピックの正式種目にまで採用された。どれほど興味深いスポーツか想像がつくでしょう？　ぼくにはつかないし、桃子にもつかない。商売そっちのけで道楽にうちこむ、というよりウインド・サーフィンをやるためにハンバーグづくりに精を出している、というのが桃子の評である。

「もう海も冷たいだろうに」

「冷たくったって熱くったってやるのよ。台風のときだって喜んで出かけるんだから」

「へえ……」

とぼくはカレー用スプーンの腹に逆さに映った自分の顔を見ながら呟いた。

「それで小説はどうなの。うまくいってる?」

「ああ……」

とぼくはスプーンを裏返してみた。眼は実際よりも大きく切れ長に見えるが、不精髭がめだつ。

「まあね」

「お兄ちゃん……」

と桃子が何かきりだすために口を開きかけた。

「うん?」

しかしそこへチキンカレーが運ばれてきて、その話題は後まわしになったようである。

「いい匂い」と桃子が言い、「おいしそう」と桃子が言い、ぼくは黙々と半分ほどをたいらげて水を飲んだ。

「お兄ちゃん……、いい?」

「いいよ、話せよ」

「一口たべたい」

ぼくはスプーンを握ったまま、二十四歳の人妻の顔をしばらくながめた。

「欲しいのなら自分で注文しろ」

「少しでいいのよ」

「だめだ」

「ケチ」

ぼくはまた水を飲み、スプーンを口へ運んだ。それを見て桃子がまた同じ調子できりだした。

「お兄ちゃん……、あたしね」

「何なんだ」

「できちゃった」

ぼくはスプーンを持つ手を休め、次にゆっくり放した。ステンレスと陶器の触れ合う澄んだ音が、微《かす》かにふるえるように鳴った。

「できちゃったって、おまえ」

「そうなの」

言いながら、桃子は身を乗り出してスプーンを取りあげる。口へ運び、口をうごかし、呑《の》みこんでから、

「けさ病院へ行ってきたの。六週目だって」

「……そうか」

「うん。ねえ、これおいしい。ぜんぶ食べちゃっていい？」

ぼくは黙ってコップの水を飲みほし、脚を組んだ。妹が皿を手前に引いて、残りを一匙《さじ》ず

つ丁寧に食べはじめる。そばを通りがかったウエイトレスに、ぼくは水のお代りとコーヒーを一杯たのんだ。食べ終ると妹は皿を脇《わき》へのけ、紙ナプキンで口もとを拭《ぬぐ》い「ああおいしかった」椅子のうえでくつろいだ。ウエイトレスがコーヒーを運んできて、皿をさげた。

「おめでとう」とぼくは言った。

「ありがとう」と妹は答え、そのあとを口ごもった。「そう言ってくれて……」

ぼくは眉をひそめ、ちょっとためらってから、

「他にどう言うんだ」

と訊いてみたけれど、

「………」

と妹はその問いには答えない。

「彼が反対なのか？」

「まさか。喜ぶと思うわ」

「あの人とおふくろのことか」

「そんなことはいいの」

「じゃあ……、何だ。どうしておれがおめでとうと言っちゃいけないんだ」

「いけないとは言ってないわよ」

束《つか》の間、というには多少長すぎる沈黙が訪れた。ぼくは組んだ脚をなおして、口調を改め

た。

「……桃子」

「はい？」

「自分のことだけ考えろ。桃子と益夫くんと、それからおなかの赤ん坊のことだけ考えてればいい」

「……」

「おれも自分のことは自分で考えてる」

「でも」

「叔母さんに会ったのか」

「ええ。おひるを一緒に」

「じゃあ、あとは益夫くんだけだ。はやく知らせてやれ」

桃子はテーブルに視線を落して、まんなかで分けた髪の片側を小指を使って耳のうしろへ撫《な》でつけた。

「叔母さんはね」という。「お兄ちゃんは本当はもっと優しい子だって。でもときどき大切なことに目をつむってしまうから――」

「よせ」

「あたしもそう思うの」としかし妹はつづけた。「家のなかのことや、おばあちゃんのことにしても」

「あの人のことは言うな」

「眼が見えないらしいの」

「………?」

「もともと片方は悪かったでしょう。それがいつだったか見える方を何かにぶつけて、後遺症ね、白内障にかかってるっていうのよ。医者は手術をすれば簡単になおるとすすめるのに、おばあちゃんがうんといわないらしいの」

初耳だった。祖母の片眼がもともと悪かったなんていまはじめて聞くことだった。ぼくは確かに、家のなかのことや祖母のことに関して、早い時期から眼をつむりつづけている。

「手術しなければどうなると医者は言ってる」

「視力がなくなるって」

「片方はどれくらい見えるんだ」

「ぼんやりでしょ。昔からそれは変らないと思うけど、でもそれも年のせいでだんだん……」

「失明……」

という単語がぼくの口をついて出た。ぼくは意味もなく左眼をしばたたいた。妹が吐息をついて言った。

「なにしろあの頑固だから。おばあちゃんが嫌だといえば親戚《しんせき》中の誰が意見してもだめなんだから」

「自業自得だ」

「お兄ちゃん」

「いままでずっと自分の好きなようにやってきたんだ。好きにさせればいい」

「母さんはいちどお兄ちゃんに家へ戻ってきて欲しいって」

「あの人がおれの言うことを聞くもんか」

「でもおばあちゃんは、お兄ちゃんのことをいちばん考えてるのよ」

「家の跡とりとしてだ。自分の思う通りの後継者に仕立てたかっただけだ」

「それだけじゃなくて、あのときのことも――」

「もういい」とぼくは遮《さえぎ》った。「あのときのことはおまえには関係ない」

「関係ないけど……」

「自分で考えてると言ったぞ」

「考えてないじゃない」と妹は顔をあげてぼくを視《み》つめた。「ちっとも考えてないじゃない。眼をつむってるだけじゃない」

その通りかもしれない。ぼくは家のなかのことや祖母のことや、他の大切なことに眼をつむっている。耐えるために眼をつむりつづけてきた。

「忘れようとしてるのよ」

その通りであればいい。左眼の異状をどうにもならぬジンクスとして諦《あきら》め、耐えると決めただけで、そうできれば越したことはない。しかし忘れることは、考えを止めることは無理だ。

「いやなことは忘れてしまって、それでいまが良ければいいって考え方なのよ」

妹に事の起りから説きはじめて納得させるのも無理だろう。ぼくはここでも眼をつむることに決めて、怒鳴った。

「いいかげんにしろ」

「大きな声を出さないで」

妹の声の方がもっと大きかった。通路を隔てて隣りの席で女の短い悲鳴があがった。オレンジジュースのグラスがテーブルに転がり、二人の客が立ちあがり、ウエイトレスが平謝りに謝った。布きんを持った別の女が駆け寄り、客はすわりなおし、二人のウエイトレスはこちらへ視線を投げつつ去って行った。ぼくと桃子はしばらく顔を視つめ合い、それから互いに視線をそらした。

「そんなふうに思ってたのか」

とぼくは静かに言った。妹が静かに訂正した。

「そう思ったのよ。女が男の子供をやどすというのはどんなことか、近ごろになって思ったのよ」

「………」

「わからないでしょ」

「………」

「でも考えて欲しいの。眼をつむらないで見て欲しいの。叔母さんはお兄ちゃんのこと信じてるわ」

ぼくは妹の下腹のあたりに視線を置いてつぶやいた。

「わかったよ」

相手がどうこたえるかもわかっていた。ぼくの顔かぼくの態度かあるいはぼくの言葉つきか、きょうは何かが人に対しての信頼を失わせている。

「わかってないわ」

と妹はこたえた。

「そんなに簡単にわかるくらいなら」

「考えてみる」とぼくはすぐ言い直した。

「もう少し考えてみる」

ぼくたちはふたたび視つめ合い、そしてふたたび互いに視線をそらした。

しばらくすると、妹は一つため息をついて、ティカップを持ち上げた。ぼくはコーヒーには手をつけず、煙草をつけ、一口喫《す》っただけで灰皿に押しつけた。

「益夫くんに、はやく知らせてやれよ」

「わかってる」

「電話して迎えに来てもらえ」

妹がそばに置いたバッグを引き寄せ、ぼくは伝票に手をのばし、二人は立ちあがった。心なしか勘定場の女にはぼくたちへの敵意が感じとれた。しかし、伝票にはこぼれたオレンジジュースの代金は含まれていなかった。

＊

BECAUSE と横書きの、まだ灯《あか》りの入らない看板が通りに突き出ている。その下の重い扉を開くと中には誰もいなかった。
入って左手が、ゆるいコの字型のカウンター席で、椅子が十脚ほど並んでいる。全体に細長いつくりの店なので、右手の壁とカウンター席との間の通路は人ふたりやっとすれ違えるくらいの幅しかない。通路を七、八メートルも歩くとカウンターがつきて、その奥にボックス席が二つ、というか昔よその国の戦争のおかげで店が繁盛していたころ、カウンター席にすわりきれない客を無理に押しこめた空間がある。そのまた奥がガラスの扉を隔てて台所。

そこに若い女が一人だけいた。

　ガラスを指で叩《たた》くと、流しに向っていた女は振り返った。初めて見る顔である。濡《ぬ》れた両手を腰のあたりでぶらぶらさせて口を半開きにしている。その姿勢のまま動こうとしないので、ぼくの方から扉を細めに開けてやった。

「お店、まだなんですけど」

「客じゃないよ。ママは？」

「……六時二十分頃」

　ぼくは片手を扉に添えたまま、もう片方の手の腕時計を見た。若い女が訊ねた。

「何時？」

「六時十分。ちょっと待たせてもらうよ」

　ぼくはカウンター席の端っこに腰かけて一分ほど待った。入口の扉を振り向き、台所のガラスの扉を振り返り、それを二、三度くり返してから中央の席に移った。黒く厚く冷たい石のカウンターの上に手のひらを置き、退屈しのぎに両手の人差し指と中指を使ってリズムをとっていると、台所の方の扉が開いて女が近づいてきた。首がとっくりになった深紅のワンピースに黒い幅広のベルトをしめている。縮れっ毛を無造作に肩までたらした髪型の女が言った。

「一杯つくりましょうか」

女が訊いた。

「コーヒーは？」

「いらない。灰皿を」

カウンターと同じ色の平べったい焼き物を差し出して、女が訊いた。

「ママの親戚の人？」

女の両手は、女の顔を頂点に二等辺三角形をつくってカウンターを逆手につかんでいる。底辺は一メートルくらいあるだろう。背が高く顔が小さく腕の長い女だ。左手の手首の裏に小さなホクロが二つならんでいた。

「新人だね」

とぼくは答えずに訊き返した。二等辺三角形の頂点が無言でうなずく。

「いつから？」

「二週間前。ねえ、ママの甥御《おいご》さんでしょ？」

「うん。名前は何ていうの」

「せいこ」

「どんな字？……松田聖子？」

「二十六聖人。クリスマス・イブに生れたの」

「カトリックか」

「ちがう、浄土真宗。ねえ、作家なんでしょ？」

「ママがそう言った？」

「ううん、ゆりえさんから」

「ゆりえちゃんは」

「お休み。のどが痛くて声が出ないんですって」

「あいかわらず煙草の喫《す》いすぎか」

「喫わないの？」

と女が灰皿を見おろして言った。カウンターの端で電話が鳴った。女が応対している間にぼくは煙草をつけた。有線放送のスイッチを入れて女が戻ってくる。ふたたび二等辺三角形。

「そうやってカウンターにもたれるのが癖なのかい」

女はホクロのある手首はそのままに重心を移して、片手を口に持っていき、

「やだ、ごめんなさい」

と陽気な声で笑ってから、また同じ姿勢をとった。

「ママに叱られるの。お客さんを上から見おろすなって」

「背が高いんだからしようがない」

「一六五センチしかないのよ。ママは一六七センチくらいはあるって言うんだけど」

ぼくはちょっぴりためらってから、思い切って訊ねた。

「背の低い男どう思う？　きみと同じくらいの」

「どうって？」

「たとえば……」

たとえば、あとさきなしに一晩五万円である男とつきあうのはどうか。ぼくは心のなかで寺井の顔を思い浮べ、向い合った女の顔（眼も鼻も口も指でつまみたくなるほど小づくり）を見て、思いとどまった。思いなおした。ここは叔母の店だ。ぼくはぎごちなく話を変えた。

「いくつ？」

しかし女はこの質問は聞こえないふりをした。カウンターから両手を離して、かるく腕組みをすると、たくみに話をそらして、

「作家なんでしょ？」

とさっき答え忘れた質問をまたもちだす。

「小説を書いてるんだよ」

とぼくは答えた。

「いろんな作家に会ったことある？」

「まあね」

「たとえば？」

「北方謙三《きたかたけんぞう》」

「……聞いたことはあるけど」

「読んだことはない？」

「うん。あ、あたしこの曲だい好き」

と女は店の奥のスピーカーの方へ首を向けて言った。

ぼくは煙草を灰皿に押しつけて消しながら、何軒かの店で何人かの女の子が同じような話の腰の折り方をしたときにかかった曲の一つを思い出して、

「『ウイズアウト・ユー』？」

いいかげんなことを言うと、すぐに、

「『素直になれなくて』。シカゴの」

と正解が返ってきた。しばらくその曲をなぞってハミングしたあとで、女が訊ねた。

「他には？」

「ん？」

「会ったことある作家」

「立松和平《たてまつわへい》」

「………」

「知らないかなあ」

「もっと有名な人は？」

「たとえば」

「村上春樹《むらかみはるき》とか」

「ああ」

「わ、知ってるの？」

「おそろしく知らない」

入口の扉が開いてこの店のママが入ってきた。

おはようございますとすぐに女が挨拶をし、ゆりえちゃんは？　と叔母が訊いた。女が、のどを押えながらさっき電話があったと答え、叔母は、コートとバッグとビニール袋の買い物をかかえてぼくの顔を見ると、いまため息をついたばかりの口を結んで奥へ歩いていく。女がその後につづいた。

煙草をもう一本喫《す》い終ったころ、叔母が一人で現われた。一五五センチの身長で（十六年から一センチも伸びないと本人は言う）、六十キロの体重で（十六歳のときのおよそ一・五倍で、一年前より七キロ落したと本人は言っている）、黒地に黄いろい蝶の図柄入りの洋服に身をつつんだ BECAUSE のママはぼくの正面に立った。顎《あご》をそらし、肩にたれた髪の毛を両手でうるさそうに後へ払う。白髪もまじったまっすぐな長い髪である。店の女の子たちから、もう少しかまったほうがいいのではないかと忠告されても、決して染めたり結《ゆ》ったりパーマをかけたりしたことのない髪である。その代り化粧は念入りで、唇は紅く、しみは隠され、睫毛《まつげ》は濃く目立つ。夜の街でいまどき付け睫毛を使っている女のいる店をぼくは他に知らない。叔母より先に甥《おい》っ子が口を開いた。

「みちよちゃん、やめたんですか」

「結婚」

と叔母は短すぎる答えを返し、近眼のくせに眼鏡もコンタクトレンズもしない眼で灰皿をにらみつけるように見て、手にとった。中身をカウンターの下のごみ入れに空けてから元の場所に戻す。

「急だな。何も聞いてなかった」

「急なもんですか」

「でも一カ月くらいですよ、ここに来なかったのは」

「あんたが思ってる以上に世の中は速く進んでるんだよ。とくに夜の街は」

「相手は店の客？」

「当然」と叔母は言った。「他にどこで見つけるの」

「………」

「それで？　今日はなんなんだい」

「桃子に会ったんですって？」

「あの子のことはもう心配いらないわね。女としても一人前だし。しっかりしてる。あたしが見なくても、自分でちゃんとやっていけるよ」

叔母は布きんを取り出して、汚れてもいないカウンターを拭《ふ》いた。それから布きんを丁寧に四つ折りにして、またカウンターの下にしまうと、

「昔からそうだったけど。あの子はおしゃまさんで、……ほら、いつだったかね、あんたが自転車で子猫をひいて、ショックで寝こんじゃったとき」

「……小学生の頃ですね。桃子はたぶん入学したての頃」

「庭に猫のお墓をつくったんだろう、お線香まであげて。それでもあんたが青い顔して起きられないもんだから、どこから聞いてきたのか、子猫の霊をしずめるおまじない……」

「まるい石を幾つか拾ってきただけなんですよ。それと、粘土で猫の型をこしらえた」

「あの人が気味悪がって取りあげたら」

と叔母は自分の母親のことをぼくと同じ呼び方をして、

「おばあちゃんバチが当るよって言い返したそうじゃない」

「らしいです。それを聞いて父は笑ってました」

「あんたの母さんがさかんにこぼしてたものよ、あのころ会うたびに、桃子のお兄ちゃん思いはいいんだけどって。あの人が何を言おうがちっとも聞かないって。どんなにやかましく言われたって右の耳から左の耳へぬけるみたいだってね。結局、あの人が思い通りにできなくていちばん手こずったのは桃子かもしれない」

「叔母さんでしょう」

「あたしは特別よ。あんたなんか、子供のときから気が弱くって、泣き虫で、本当にからっきしなんだから。あの人になんか言われると、すぐ眼に涙をためて黙っちゃってね。あとで自分の部屋でめそめそ泣いてたんだろう」

「泣きませんよ」

「泣いてたよ、あんたは。それを見て桃子があの人をにらみつけたんだよ。桃子はお兄ちゃん思いの子供だったからね。中学のときだって毎日あんたのお弁当をつくってたじゃないの」

「不器用なくせに好きなんですよ、桃子はそういうことが。母がぜんぜんしないものだから、自然にそうなったってこともあるけど」

「あんたの父さんの事故のときだって、お兄ちゃんを呼び返すべきだって一人であの人に反対して」

それと叔母も反対したのだ。

「でも結局呼び返せなかった」

「あんたはずっとそのことを根にもってるようだけど」

「もういいんですよ、その話は」

「桃子はいまでも気にしてるよ」

「わかってます」

「あんたがあのあと札幌の大学へ行ったときも、桃子はしょっちゅう手紙を書いてた」

それと叔母もしょっちゅう手紙をよこした。

「わかってます」

「ほんとにわかってるならいいさ」

叔母はぼくの煙草に手をのばして、一本とって火をつけると、眼を細めた。その眼を入口の扉のほうへ向け、その眼でもっとずっと遠くが見えたように、ぼくを振り返って言った。

「あの桃子が母親になるなんてね」

ぼくはカウンターの上に頬づえをついて、

「時の流れを感じますか」

と言い、叔母は一、二服するとすぐに、また眼を細めて煙草を消しながら、

「いい小説を読んだときみたいにね」

とどこか皮肉っぽく言う。ぼくも皮肉っぽく答えた。

「ジャネット・デイリー？」

「エミリー・ブロンテ」

と、ハーレクイン・ロマンスの熱心な愛読者は訂正した。

「わかるかい？」

「わかります」

「あんたもああいう小説を書くんだね」

「無理ですよ」

「桃子のことを書けばいい」

ぼくは頬づえをはずして椅子の背によりかかった。書き悩んでいる長編小説のことを思い出して吐息をついた。

「ぼくはどんな小説も書く才能がないのかもしれません」

ぼくがついたよりも大きな吐息が目の前でつかれた。

「あいかわらずだね、まったく。男の弱気はみっともないよ」

「父親ゆずりだって言いましたよ、いつか」

「でもあんたの父さんはそこが魅力だった」

「ぼくだって奥の手に使ってます」

「頭のからっぽな女をいくらだましたって自慢にはならないんだよ。自分が惚れた女にはいつだって逃げられてるんだから」

ぼくは口を開きかけて、やめた。女性問題に関することで叔母と議論したってはじまらない。叔母はぼくの失敗の数々をほとんど全部知っているのである。そしてぼくは叔母の失敗の数々を、身内の噂話によってだいたいのところ把握している。

ぼくは高校時代に初恋を経験した。相手の女の囁《ささや》き声も、髪の匂いも、爪の形も、唇のやわらかさも、決して思い出すことのできない正真正銘の片恋である。思い出せるのは、教室でもの静かに机に向っていた彼女の背中だけである。他の女生徒たちよりもすこし大人びて見えた態度や微笑みだけである。もちろん打ち明けられなかった。手紙も書けなかった。一年間おなじ教室で勉強してたったの一度しか口をきけなかった。彼女はこちらの気持ちなどこれっぽっちも知らずに卒業していったに違いない。ぼくは当時、この店で習いたてのウイスキーを飲みながら叔母に告白ともも相談ともつかぬ話をして、優しく笑われた思い出がある。どんな恋愛も男次第だよ、と叔母は言った。覚えときなさい。だからこのつぎ恋をしたときはあんた次第なんだよ。

叔母はぼくが子供っぽい初恋に落ちた年頃に、最初の恋愛を経験したはずである。十代の看護婦が熱く燃えた相手は（半分くらいはぼくの想像で補うのだが）、一回りも年の離れた、言葉つきも性格も優しい入院患者で、彼には七日に一度くらい見舞いに来る妻と、あるいは子供もいたはずである。彼らの恋愛はむろん周囲の反対にあった。しかし彼らには酒を飲みながら相談できる相手（つまりぼくの場合の叔母にあたる人間）はいなかった。彼は、男次第だよ、というアドバイスを誰からも受けなかったはずである。優柔不断の男はその性格のままに年若い看護婦に引きずられ、それから……、お決りの不幸な結末をむかえることになったのである。

叔母に初めての恋についてのアドバイスを受けながら、十八歳のぼくはそんな彼女の過去をぼんやり思い返していた。そのせいもあってぼくはいまでも記憶している。男次第という叔母の台詞《せりふ》をいまもことあるごとに思い出す。高校卒業後、でたらめな生活のなかにいたときも、その夜だけの遊び相手と一緒にいるときにでも叔母の忠告はぼくの頭を離れたことはなかった。どれほどその忠告に効果があったかは別にしてである。叔母の最初の相手と似た性格のぼくにとって（それとも、たいていの男たちにとってと言い換えてもいい）、男次第という言葉が言葉以上に意味を持つかどうかは別の話である。

けれどそれにしても、初恋の告白の夜以来、叔母はいつもその忠告とともに、ぼくのそばにぼくの恋の渦中に存在した。ぼくはその後も何度もウイスキーを飲みながら告白し、相談し、何度かはそうしなかったことを後になって悔んだこともある。酒を注ぎながら喋《しゃべ》ってもらうだけでいいのである。効果なんてなくてもいい。意味を持たなくてもいい。男次第だよ、と一言喋ってもらうだけで、ぼくはたちの悪い宿酔《ふつかよい》から救われたのである。

そういうわけだから、ぼくは叔母と異性問題について対等に議論しようとは思わない。何かのはずみでそうなりかけたときはいつも、思い直して口を閉ざす。もういちど開いてウイスキーを飲む。叔母は半分いたわりの眼で、半分は皮肉っぽい眼でそれ以上喋らず甥っ子を見守る。二人はこの夜も、しばらくの間、黙りこんだまま向い合った。

台所の扉が開いて、聖子という名の女の子がふたたび現われた。両手がふさがった女は肩で扉を押し、足で扉を閉めたようである。彼女の両手は『広辞苑』ほどもある大きさの氷をかかえていた。カウンターの中へ入ると立ち止って手をはなし、こんどはアイスピックを使いはじめる。まもなく団体の客が入る予定だから、飲まないのなら早くアパートへ帰って仕事をしろと叔母が勧めた。ぼくは話を変えて訊ねた。

「寺井って男、憶《おぼ》えてますか」

「知ってるよ」と叔母は答えた。「あんたの昔なじみだもの」

「最近ここへ来たでしょう」

「来たよ」

「やっぱり。それでぼくのことを話したんですね」

「いや」

「でも、聞かれたんでしょう？」

「聞かれもしないし話しもしない」

「………」

「彼がどうしたの」

「きょう、いきなり電話がかかってきて、久しぶりに会ったんだけど……」

叔母の人差し指が苛立《いらだ》たしそうにカウンターを二度叩《たた》いた。

「けど、何だい」

「何か話してませんでしたか。いま何をしてるのか、どこに住んでるのか」

「会ったんだろ？」

「ぼくには仕事はしてないって言うんです」

「信じられないのかい」

ぼくはカマをかけるような気持ちで言ってみた。

「なんだか、恨んでるみたいなんだな、ぼくのこと」

叔母の手が灰皿をつかんで、カウンターの下に隠れた。新しい灰皿はもうぼくの前に置かれない。代りに何度目かの吐息がぼくに向けられた。

「あんた幾つになったの」

「29」

そうぼくが答えると、氷を砕いていた女が短い笑い声を洩《も》らした。あるいは気のせいかもしれない。

「二十九年も生きてりゃ、誰かの恨みくらい買うだろうよ」

と叔母はぼくを正面から見すえ、しかしじきに視線を女の子のほうへはずして言った。

「それとも、誰からも恨まれる憶えはないと言い切れるかい」

ぼくは答えられなかった。代りに何度目かの吐息を自分に向けた。

「叔母さん……」

「だいたいあんたみたいに優柔不断で、気まぐれで、弱気で、いままでずっとやってきた男が、いまさら人に恨まれるの恨まれないのって文句を言うのはおかどちがいだよ」

「……わかってますよ。それはわかってるんだけど」

「またけどかい」

「………」

「言いたいことがあるんなら、はっきりお言い」

少しずつ、ぼくの喉の奥のほうに何かがこみあげていた。何か強く熱いものが。

しかしぼくはそれを押し出すことを、それを言葉にして叔母に聞かせることを躊躇《ちゅうちょ》した。これまでの十年間ずっとそうだったように。いや、左眼の異状を諦《あきら》め耐えることに決めて以来ずっとそうだったように。ぼくはこのときもまた眼をつむって一人きりになることを選んだ。

ぼくは立ちあがった。扉が勢いよく開き、叔母が間髪を入れず、いらっしゃいませと言い、若い女がいらっしゃいませと言い、飲むまえから酔っぱらっているようなにぎやかな男たちが大勢入ってきた。ぼくは壁にへばりついて、同じような背広姿で同じようにネクタイをゆるめた男たちをやりすごした。出口へ歩き、扉を押し、扉を閉めるまえに、いちどだけ中を振り返ったけれど、むろん叔母は BECAUSE のママとして、甥の心配よりも商売のほうに余念がない。

4

土曜日の夜、アパートに帰り着いたのは、あとから考えると三時近かったようだ。部屋のキイをうまく鍵穴に入れられるかどうかさえおぼつかないほど酔っていたのだが、その必要はなかった。鍵はあいていたし、部屋の灯《あか》りもついていたのである。中には勤め帰りの由紀子がいた。

ぼくは自分でもわかるくらい不機嫌な酔っぱらいだった。木曜の夜から金曜と土曜の二日間、すべてのことが思い通りにいかなくて苛立《いらだ》ちがつのるばかりである。小説は一枚も進まないし、寺井健太の頼み事には手を焼くし、一日中歩き回って脚は疲れるし、女捜しの経費も、食費も、やけになっての飲み代もかさむ。おまけに寺井は金曜日、約束の場所に現われなかった。

夕方の六時からきっちり三時間、ぼくは十九歳の髪をまだらに染めた女の子と向い合っていたけれど、待ち合せの喫茶店に寺井は姿を見せなかった。その間にこちらはしんねりむっつりコーヒーを三杯お代りし、相手はまずチョコレート・パフェ、それからツナサンドとミルク、そのあとでクリームチーズ・ケーキとウインナ・ティ、最後に緑いろのソーダ水を注文した。

十九歳というのは女の子の自称で、ぼくにはせいぜい十六か七に見えた。木曜の深夜、道端で拾ったのである。つまりぼくも深夜、あてもなく街中をぶらついていたわけだ。

何軒ものスナックをビール一本だけの客としてまわり、二つのディスコで貧乏ゆすりをしながら、適当な女の子を捜したのだが見つからない。見つかるわけがない。ぼくじしんが口説くのならまだしも、ぼくの（昔の）友人と寝てくれる女の子を捜すのだから並み大抵ではない。いってみれば、ぼくはスカウトの眼で女を物色し、ポン引きの要領で女を手なずけなければならないのである。ぼくは鵜《う》の目鷹《たか》の目で若い女を品定めすることに疲れ、ポン引きの苦労を思ってすでに気が萎《な》えていた。しかしそれでも寺井の頼み事は頭をはなれず、ぼくは投げ出してアパートへ帰ることをためらい、人通りのないアーケード街をビールの空缶を蹴《け》とばしながら歩いていた。

ジャンパーのポケットに両手をつっこんだまま、うつむいて、何度目かに空缶を蹴ろうとしたとき、脇から他人の足がわりこんだ。赤い運動靴に蹴られたアルミニウム缶は地面を辷《すべ》るように転がり、無人のアーケード街にうつろな音をたてた。頭陀袋《ずだぶくろ》を肩にかけた女の子は、缶が止ったところまで走って行き、もういちどぼくのほうへ向けて蹴った。ぼくはそれを左足で受け止め、右足で軽く蹴り返す。それから二人はアーケードがつきるまで、無言で歩きながら缶蹴り遊びをつづけた。ぼくは最後にパチンコ屋のシャッターに力いっぱい蹴りつけてから、相手に話しかけた。

問　いくつか。
答　19。
問　何をしているか。
答　べつに。
問　どこへ行こうとしているか。
答　さあね。
問　お金あるか。
答　ない。
問　欲しいか。
答　持ってるの？
問　………二万円で………あとさきなし………一回だけつきあわないか。
答　二万円？
問　三万円ならどうか。

答　お金いらない。泊めてくれる？

ぼくは酔いにまかせて、女の子を、あやめ荘という名の安っぽい旅館に泊めてやった。むろんぼくも同じ部屋で夜をあかした。遅めの朝御飯をごちそうし、銀行に寄って金をおろし、映画館に入って『フットルース』と『ランブルフィッシュ』の二本立てを一緒に見た。その間ずっと、ぼくは年端《としは》もいかぬ娘を遊廓に売りとばす女衒《ぜげん》みたいな気分で、しかしそれにしては口数すくなく彼女を口説きつづけた。酔いがさめた分だけぼくの悔いは大きく、自分の口から出る台詞《せりふ》は耐えがたい。ぼくはそのとき、無理に言葉をあてはめれば屈辱に似たものを感じ、ところが一方で、彼女との一日は短編小説の題材にもってこいじゃないかとふいに思いつき、思いついたとたんにそのことばかりを考えたりした。

寺井と待ち合せの喫茶店で、ぼくは向いにすわった女に気づかれぬように何べんも顔をしかめた。まるでそのときになってやっと、寺井の頼み事のなかに含まれる悪意に思いあたったように。九時まで待って寺井が現われなかったとき、ぼくは正直なところホッとしたといっていい。と同時に、どうしても寺井ともういっぺん会って話さなければならないと考えていた。ソーダ水のストローを指先でつまんで遊んでいた女の子に金を差し出し、ぼくは謝った。お金はいらないと女の子が言い、ぼくは腕時計を見るふりをして立ちあがった。女の子は追いかけてはこなかった。

一人になったぼくはまた何軒もの酒場を、こんどは若い女ではなく寺井を捜すために飲み歩き、こんども見つけられなかった。アパートへ帰り、歯もみがかずに眠りこけるまえに、寺井が、待ち合せの喫茶店にいるぼくと女の子を遠くから眺めて笑っている顔を想像し、枕に顔を押しつけて唸《うな》った。

あけて土曜日の朝、ぼくは電話帳を繰って寺井の実家の番号を見つけた。むかし何度も回したはずの番号を、ひとつひとつ確認しながら押してみると、父親か兄と思われる人物が出て、健太とはもう何年も行き来がないという意味のことを、もっとにべもなく教えてくれた。ぼくは競輪場で寺井の姿を捜すことにした。しかし約束をすっぽかした男はそこにもいなかった。本の印税を使い果たして以来、ぼくはしばらく競輪場から遠ざかっていた。久しぶりに（寺井を捜すついでに我慢できなくなって）買ってみた車券はことごとくはずれた。夕方まで、はずれ車券をまるめて捨てながら場内をくまなく歩き、疲れはてて、夜ふたたび酒場回りをくり返した。

十年前の記憶をたよって、当時いきつけの場所へもまわってみたけれど寺井はいない。ある店は代替りし、ある店は昔のままだがぼくたちのことを思い出してくれず、ある店では逆に寺井の連絡先を訊ねられる。十年前の相棒の、現在の住所も電話番号もぼくは知らなかった。ただ、十年前のある出来事のために、彼がぼくを恨んでいることだけが確かなようである。寺井ともういちど会って話さなければならないとぼくは考えつづけた。いったい何のためにあんなばかげた頼み事をぼくにしたのか。いったいどうしてあんなばかげた頼み事をぼくは引き受けたのか。十年前の出来事のためにいま、寺井はいったい何をぼくに要求しようとしているのか。寺井が要求し、ぼくが断らなかった本当の理由は何か。ぼくは捜し、考え、思い出し、少しずつ酔っていった。捜し、考え、思い出し、しかし肝心の結論がつかめぬまま酔いつづけた。

そういうわけで、土曜日の深夜アパートへ帰り着いたとき、ぼくは我ながらたちの悪い酔っぱらいとして由紀子に対したのである。

部屋に入ると、由紀子はちょうど夜食をとろうとしているところだった。テーブルの端には毛糸の玉が置いてあり、横座りした女の前にはみそ汁の椀が一つだけ、それから横に卵の殻が載っている。ぼくは酒くさい吐息をつき、大きな音をたてて彼女の向いに腰を落した。派手な紫の服の上から分厚いグレーのジャケットをはおった女は、みそ汁を飲むのをやめて箸を置いた。

「土曜日は来られないはずじゃなかったのかい」

とぼくはまず口を開いた。女は何も答えずにカーペットの上で脚の位置をずらした。

「誰のセーターだい」

とぼくは次に編みかけの毛糸に目をやって訊ねた。女が同じ方向に眼を向け、すぐにうつむいて答えた。

「コースターよ」

「コースター？　毛糸でコースターなんか編んでどうするんだ」

「レース編みだもの」

ぼくは虹いろの糸玉に眼をこらした。毛糸とレース糸の区別もつかぬくらい酔っているのではなく、酔っていなくたってそんなものの区別はつきにくいと考えるほどに酔っている。部屋が静かすぎた。立ってテレビをつけたが、聞こえたのは雑音だけである。ラジオのスイッチを入れるか、カセットテープにするか迷ったが億劫《おっくう》になってやめた。また元の場所にすわる。冬の間近い夜は冷える。ぼくはくしゃみを一つした。勤め帰りのホステスが夜食をとり、男を待っていた部屋はもっと静かだったろう。ぼくはこらえきれずに言った。

「どうしてそんなもの食うんだ」

「だって、おなかがすいて……。他に何もなかったんだもの」

「夜中にみそ汁なんかつくらなくてもいいじゃないか」

「木曜にこしらえたのよ。さっき見たらぜんぜん手をつけてないし……」

「二日も前の」

とぼくが言いかけるのを、由紀子はかまわずさえぎって、

「温めたらなんともなかったから」

ぼくはそのあと急いで追いかけて、

「二日も前のみそ汁を温めて卵を割って夜食に食うのか」

「どうして、いけないの？」

「どうしてお椀にみそ汁を移してから生卵を入れるんだ？」

言いながら、テーブルの上に転がっている卵の殻をにらみつけた。

「鍋を温めるときに落せばいいじゃないか」

「だってそうやると、白身が泡みたいにふくらむじゃない。知ってるでしょ？」

「……」

「あたしそれが嫌いだから」

ぼくはテーブルに両肘《ひじ》をついて、頭をかかえた。

「頼むよ。目の前でそんなもの食わないでくれよ」

「そんなものって……」

ぼくは頭をかかえたまま声を大きくした。

「ぼくの部屋で夜中にセーターを編んだりみそ汁をすすったりするな」

「……コースターよ」

「コースターも駄目だ」

「ねえ……」

ぼくはいきなり立ちあがり、編みかけのレース糸をテーブルから払い落し、女の前からみそ汁の椀と箸と卵の殻を両手でつかみとると、流しへ行って放りこんだ。手を洗い、トイレに入ってもういちど手を洗い、洗面所で力まかせに歯ブラシを使い、座ったきり動かない女の背中を横眼で見ながら部屋を通りすぎ、寝室兼仕事部屋に入り、ふすまを閉め、腕時計をはずし、ジャンパーとシャツとジーパンを脱ぎ捨てて、ベッドにもぐりこんだ。それでちょっと酔いがさめて、しばらく眠れずに女を待ってみたが、隣りの部屋で動く気配はなかった。耳をすましたが泣いている気配もなかった。

由紀子は二十二年間の人生でまだ二度しか泣いたことのない女なのである。いつだったか、彼女から聞かされたその二度の涙の話を思い出しながら、暗闇のなかで眼をとじた。後悔と反省。ぼくはいつもふとんに入ってから後悔し反省する。……二時に店が終り、その足で男の部屋へ寄ってみたが相手はいない。先にベッドで休むほど無遠慮でもない。男を待ちながら、レース編みをはじめる。コタツもストーブも出ていない秋の終りの夜は冷えて、いちど脱いだジャケットをまたはおる。空腹がやってくる。冷蔵庫には卵しかない。男の帰りは何時になるかわからず、土産の鮨など期待もできない。二日前にこしらえたみそ汁の鍋がガスコンロの上にそのままのっかっている。男は手もつけていない。温めなおして椀に移し、生卵を一つ落す。女ひとり、一杯のみそ汁で空腹をみたすのは、アイデアとして悪くはない。そのときちょうど不機嫌に酔っぱらった男が帰ってきたのは、間が悪かっただけで、彼女に罪はない……。

ぼくは暗闇のなかで眼をとじて、眠れないまま、そんなことをくだくだ考えながら時をすごした。けれど、いつのまにか酔いと疲れが後悔と反省に勝《まさ》り、眠りに入っていったようだ。明け方、由紀子の手が、ぼくの背中に触れたような気がして安心したが、それは夢の中での出来事だったのだろう。日曜の朝おそく眼がさめてみると、ベッドのなかにぼくは一人でいた。

*

宿酔《ふつかよい》の日曜は食欲もなく卵入りのみそ汁を一杯すすっただけで、一歩も外へ出ずに部屋の中ですごしたけれど、由紀子からの電話はなかった。寺井健太からの電話もなかった。むろん日曜日に電話をかけてくる編集者はいない。部屋を訪れる者もいなかったから、まる一日ぼくは誰にも会わず、口もきかず、一人きりでいたことになる。小説家の一日としては別段めずらしくもなく、これで机に向って原稿がせめて五、六枚でも進めば申し分のないところだが、残念ながらそうはいかなかった。もっとも、小説家が朝から晩まで部屋にいて原稿を一枚も書かず、寝ころがったり煙草をふかしたりして暮す一日も、別段めずらしいとはいえない。

月曜の朝、十時に眼がさめた。熱いコーヒーをわかし、パジャマ姿で窓際の日だまりにあぐらをかいてゆっくり味わいながら、一日のスケジュールを頭に入れた。まず競輪場へ行ってふたたび寺井を捜さなければならない。次に夕方六時から中華料理店で雑誌のインタビューをうけなければならない。それから由紀子が働いている店へ顔をだしてみなければならない。行かなければならない、うけなければならない、みなければならない。とまるで三つの義務を果たさなければならないようにぼくは呟いた。もちろん、三つとも義務に近い気持ちはぼくのなかにあったけれど、しかし競輪場へ行くのには、なかばは久しぶりに競輪で当ててみたいという気持ちが、インタビューをうけるのには、なかばは中華料理をむこう持ちで食べられるという気持ちが、由紀子の店へ顔を出すのには、なかばウイスキーを今夜も口にしたいという気持ちがあった。

つまりぼくは、きょうこそは部屋にこもって仕事をしなければならないという気持ちからできるだけ逃れていたかった。ぼくは十年前の相棒のことで頭を悩ませ、現在の恋人のことで悩んではいたけれど、仕事の悩みはそれ以上に大きい。ぼくは彼の友人であるまえに、彼女の恋人であるまえに、小説家である。自分の小説にはあんまり自信はないけれど、自分が小説家であることにぼくはかなりの自信を持っている。

遅い朝の日射しのなかで背伸びをするとぼくは立ちあがった。洗面所で歯をみがき、髭をあたり、寝室へ戻ってパジャマを脱いだ。靴下のマークを左右たしかめてはいた。ワイシャツとジーパンをさがし、机の上の腕時計をはめ、最後にスエードのジャンパーを着て、身仕度が終る。右のポケットにハンカチと小銭、左のポケットに煙草とライター。内ポケットに部屋の鍵と何枚かの札……、念のために鍵を取り出し、二枚の一万円札と八枚の千円札を数える。そのとき、小さな紙切れが札の間からすべり落ちた。ぼくは鍵と札を内ポケットに戻してから、それを拾いあげた。二つ折りにした白い紙には片側に手帳から破り取った跡がある。ぼくの手帳ではない。ぼくは手帳を持っていないから。と、その二つ折りの紙を開く短い間に、あたりまえのことを考えた。

白い紙にはボールペンで六つの数字が書いてあるだけだった。ぼくが書いたのではない。ぼくの字ではない。ぼくは眉をよせた。数字は初めの二つとあとの四つの間にハイフンが付けてあるから電話番号である。それは間違いない。しかしいったい誰の番号だろう。誰が書いたのだろう。どうしてこんな紙切れがジャンパーのポケットに入っているんだろう。ぼくが書いたのではない。ぼくが入れたのではない。ぼくは記憶をたどった。

きのう一日はこのジャンパーは部屋の中に、ハンガーに吊るしてあったのだから、ぼくではない誰かが書き誰かが入れたのだとすればおとつい以前ということになる。このジャンパーを久しぶりで着たのは寺井から電話があった木曜の午後で、そのときはどのポケットにも何も入っていなかったのだからそれ以後ということになる。木、金、土の三日間にぼくと接触した人物。由紀子、寺井、妹の桃子、叔母、叔母の店の女の子、自称十九歳の髪をまだらに染めた女の子、飲み歩いたいろんな店のいろんな女の子たち。ぼくは机の前へ歩いて椅子に腰かけた。

いちばん考えられる線は、酔っぱらって酒場の女の子に言い寄り、電話番号を聞きだし、それを相手の手帳に相手に書かせて相手に破らせ相手の手でぼくのポケットに入れてもらったというものである。それをぼくは憶えていないというものである。ちょっとあり得ないような気もするけれど、それがいちばん考えられる。なぜなら二番めがないからである。

由紀子や寺井や桃子や叔母が、誰かの電話番号を教えるのにこんなこみいったことをするとは思えない。ぼくは机の上の電話に手をのばした。もしそれをしたとすれば何かこみいった理由があるのだろうが、そんな理由など何ひとつ思いつかない。受話器を取り、六つの数字を押した。とにかくかけてみるしかない。腕時計を見た。もし水商売の女の子なら、十回鳴らして寝起きの不機嫌な声が聞けるにちがいない。

しかし電話は呼出し音三つでつながった。ぼくはこちらからは何も言わず、息を詰めて相手の出方をうかがった。しばらくして、「もしもし？」とだけ女の声が言った。

「もしもし」とぼく。

「はい、あめんぼ幼稚園ですが」

「…………あめんぼ」

「はい…………」

「…………幼稚園」

「はい」

「あめんぼ幼稚園？」

「そうです」

「………」

「何か？　あの、どちらさまでしょうか」

思いきって名乗ることにした。まず本名を、それから念のためペンネーム。

「二つ名前があるんです。そういう職業についてるものですから」

「はあ……」

「心あたりありませんか」

「御父兄の方ですか？」

「ちがいます。そちらの電話番号を書いた紙がぼくのジャンパーのポケットに入ってたんです。それでかけてみたんですが」

「入園を希望されるなら係の者と代ります」

ぼくは受話器を持たないほうの指で頭を掻《か》きながら言った。

「あの、そちらの先生……保母さんていうのかな、彼女たちはよく飲みに行くほうですか」

「なんですか」

「よくお酒を飲みに行かれますか」

相手の若い女はしばらく沈黙したあとで言った。

「これ、いたずら電話ですか？」

「そうじゃないんだけど……、弱ったな」

ぼくはもういちど紙切れの番号を確認し、声に出して言った。

「まちがいありませんか」

「うちの番号です」

「おかしいな」

「いま男の人と代ります」

「いいよ男は」

「………」

「たぶん女だと思うんだ」

ほとんど独り言でぼくは呟いた。そのあと一つ数えるか数えないうちに、電話はむこうから切れた。ぼくは受話器を戻し、もう一度かけてみるべきかどうか迷い、ため息を一つつき、結局あきらめて椅子を引いた。どこかの店の女の子が、酔っぱらった男をからかうためにでたらめの数字を書いて入れたのかもしれない。それが偶然あめんぼ幼稚園の番号と同じだったのかもしれない。少なくとも、幼稚園の保母さんが深夜の酒場で見知らぬ男に勤め先の電話番号を教えたと考えるよりも、その方が自然である。ぼくはそう考えて、この問題を打ち切り、競輪場へもう一つの問題を解決するために出かけることにした。

＊

「遅れてすいません。途中でカメラを忘れたことに気づいていちど引き返したので。いま何時でしょう」

「二十分過ぎ。先にやってますよ」

「どうぞどうぞ。ときどきポカをやるんです。おまけに時計の電池まで切れちゃって」

「電話で話した白井という人が来るのかと思った」

「はじめまして、永山《ながやま》と申します。これ、名刺です」

「……編集長。女性だとは思わなかったな」

「いらっしゃいませ」

「私にもビールを。それから、……鶏肉をゆでて細切りにしたの、何て言ったかしら、胡瓜も一緒に、……そうそれ」

「ぼくはこれをもう一皿」

ウエイトレスを見送ったあとで、「マガジン長崎」の女性編集長はにっこり微笑んで、

「驚きました？」

「ずいぶん若いから」

「そう見えるだけです」

「二十五……？」

「六」

「ぼくより三つも若い」

相手は銀縁の眼鏡ごしにもういちど微笑んで首を横にふった。

「二つ、ですね。来週誕生日だから」

「おひとり？」

「いいえ。いつもそうなんですか？」

「はい？」

「初対面なのに。これでも女性です」

「失礼」

「今日は私の方が質問させていただきます」

と、ツイードのジャケットを横の椅子の、カメラケースのうえに脱いで、

「お仕事はいかがですか」

「まあ、ぼちぼち」

ぼくは運ばれてきたビールを相手のグラスに注いでやった。

「ありがとう。御本、読ませていただきました」

「どうも」

「一晩で読んじゃいました」

「みんなそう言います」

「ハハハ……あら、ごめんなさい」

と女編集長は片手を口もとにあてて、

「たくさん売れたんでしょうね」

「一時期ね」

とぼくは、そこで相手がバッグの中から小型のノートと押しボタン式のボールペンを取り出すまで待ってから、

「批評家が邪魔しなかったらもっと売れ続けたんだろうけど」

「批評家が邪魔を？」

「主題は曖昧、文体は借り物、構成は杜撰《ずさん》、本の厚さはうっとうしい」

「……？」

「ある週刊誌の書評です」

「ご冗談を」

注文した麻婆豆腐と鶏料理を、ウエイトレスがぼくたちの間に置いた。しばらく二人とも、取り皿に移し、食べ、飲み、をくり返してから、むこうがペンを握って言った。

「麻婆豆腐がお好きなんですね」

「豆腐料理ならなんでも」

「飲み物はビール」

「ええ、それとウイスキー、ブランデー、ワイン、日本酒、焼酎もときどき」

ボールペンの頭のボタンが二回押された。

「いちばん尊敬する作家は誰ですか」

「誰も尊敬しません。ときどき同情はするけど」

「誰ですか」

「すべての作家に同情しますよ。お互いに因果ですね、そんな気持ち」

「いちばん好きな言葉」

「……いじわる」

「は？」

「ほら、女の子がよく言うでしょう、痛いところをつかれてごまかすときに。うん、いじわるって」

「いちばん好きな作家は誰ですか」

「バック・デクスター」

「コリン・デクスターじゃなくて？」

「ご存知？」

「いいえ。丸谷才一《まるやさいいち》をどう思います？」

「会ったことないから」

「丸谷才一の小説をどう思います？」

「どの小説」

「これまでに発表されたすべての」

「処女作から一つずつあげてみてよ」

「浅田彰《あさだあきら》の『逃走論』について何か御意見がおありですか？」

「ありません。読んでない。名前は聞いたことあるけど。……ああ、ここんとこは記事にしないでください」

「いままでのとこは全部しません」

「………」

ボールペンの頭を何度も押して相手が言った。

「ビールをもっといかがです。他に何かとりましょうか」

「いや、インタビューを先にすませましょう」

「では」と女編集長が眼鏡を指で押しあげて言った。「十年前のことを少しお聞きします」

「………」

「十年前の出来事で何か印象に残る思い出が………」

「ちょっと待ってください」

相手はノートから顔をあげた。

「なんでしょう」

「十年前？　十代の頃の思い出じゃないんですか？」

「いいえ」相手はきっぱり答えた。「十年前の出来事です」

「そんな………」

「うちの雑誌が発刊されてこの冬でちょうど十周年になるんです。それでおもだった方に当時の、つまり十年前の思い出を語っていただいて特集記事を組むことに」

「何も聞いてませんよ」

と思わずぼくは大声になって言った。ボールペンを握った女が眉《まゆ》をひそめる。男は深い吐息を洩《も》らし、声をもとに戻して言い添えた。

「話が違います」

「うちの白井がそう申し上げたはずですが」

「彼は十代の頃の思い出話を聞きたいと言ってた」

女はボールペンをノートの上に放り出した。

「またこれだわ」

男は煙草をさがしてつけようとした。ライターをもつ指が小刻みにふるえるのに気づいてやめにした。

「まったく、電話で用件も伝えられないんだから」女は独り言でつづけた。「忘れ物はするし、時計は止るし、何か良くないことがあると思ったのよ」

「とにかく」ぼくは女の独り言に割って入った。「そういう話ならこのインタビューはお断りしますよ」

「どういう理由ですか」

「理由なんて……」ぼくはつまった。「理由なんてないけど話が違う」

「うちの者の不手際はおわびします」

「でも話が違うのはいやだ」

「そんなことおっしゃらずに。ただ十年前のなにか軽いエピソードでも話していただければそれで」

「お断りします」ぼくは椅子を引いた。ジャンパーを取って、袖を通す。相手は、口を開けてぼくを視つめている。軽いエピソード。ぼくの十年前に軽いエピソードなんてなかった。

「待ってください」

「失礼します。自分で食べた分は払いますから」

ぼくはテーブルの上に千円札を二枚置いて背を向けた。後で名前を呼ぶ声がしたけれど振りむかなかった。

5

どん底という名のスナックは、飲み屋ばかりが二十軒ほど集まったビルの五階にある。ぼくは一階からエレベーターを使った。他に客は誰も乗らない。青い背広に青いネクタイをしめたエレベーター・ボーイはぼくの顔を見て、お久しぶりですと愛想笑いを浮べた。

「五階ですね」

ぼくは腕時計を見ながらうなずいた。ちょうど七時。

「客の顔はぜんぶ憶えてるのかい」

「仕事ですから」

ぼくは顔を上げて、相手の色白の顔を、切れ長の大きな眼を、紅い唇を視《み》つめた。

「学生のアルバイトかと思ってた」

「でも三年やってます」

「大学では何を勉強してるの」

「法律」

「ぼくは文学を勉強したんだ」

「興味ないな。本はあんまり読まないから」

「ぼくもないよ。途中でやめた」

男はぼくのジャンパーにちらりと視線を走らせて訊ねた。

「どんな仕事をしてるんですか」

ぼくは答えずに訊き返した。

「君は十年前、何をしてたか憶えてる？」

男はちょっと考えてから答えた。

「憶えてますよ。初恋の年です。小学六年生」

「彼女、いまどこでどうしてるかな」

「ぼくのアパートでテレビを見てます」

「………」

「五階です」

扉が開いた。ぼくは外へ出てから振り返って言った。

「頼みがあるんだけど」

「………?」

「どん底に由紀子って女の子がいるんだ」

「仕事中ですから」

ぼくはもういちどエレベーターの中へ足を踏み入れた。

「客は他にいないじゃないか。頼むよ、呼んできてくれ」

「どうして自分で行けないんですか」

と男は片手で、ドアを開いておくためのボタンを押したまま訊く。ぼくはポケットから五百円玉を一つ取り出して答えた。

「十年も同じ女とうまくいってればわからないかもしれないけど、短いつき合いの男と女にはいろんな駆け引きが必要なんだよ」

「浮気ぐらいしてます」

「じゃあわかるだろう。彼女にたこ焼でも買って帰るといい」

男はぼくの指先の五百円玉をじっと見て、それからぼくの顔を見た。

「たこ焼よりハンバーガーの方が好きなんだけどな」

「二つ買える」

「ベーコンエッグ・バーガー二つで八百円です」

ぼくは五百円玉をもとに戻し、代りに千円札を一枚ひっぱり出して渡した。

「こういうのは法律的にどうかと思うよ」

「そこまで勉強してませんから」

「一階の喫茶店で待ってると伝えてくれ」

「誰が待ってると言えばいいんです」

「君にまかせるよ」


一人でエレベーターを使って一階へ降りてから、喫茶店のいちばん奥の席にすわり、レモンティを注文し、黒のチョッキに蝶ネクタイのウエイターがレモンティを運んできて、ぼくは輪切りのレモンを浸し、グラニュウ糖を一匙《さじ》入れ、スプーンでかきまわして一口すすり、煙草を一本喫《す》い、レモンをすくってもう一口すすった。そのときようやく、ラメ入りの赤い服を着た待ち人が現われた。

ぼくは視線を合せるのがばつが悪いこともあって腕時計を見た。七時十五分過ぎ。由紀子が向いの席に腰をおろした。ウエイターがグラスの水を運んできて注文をとる。ミルクを。アイスですかホットですか。ホットミルクを。それからぼくが口を開いた。

「電話で断ってくるかと思った」

「どうしたの、こんな時間に」

「ママになにか言われた？」

「ママは八時からだから」

「エレベーターの男、きみになんて言った？」

「ジャンパーを着た人が待ってるって」

「それだけ？」

「彼とどれくらいつき合ってるんですか」

しばらく二人とも口を閉ざした。

「……おとついの夜はごめん」

「………」

「きのうはずっと部屋にいて電話を待ってたんだけど」

「あたしの部屋には電話がないもの」

「………」

湯気を立てたミルクが運ばれてきた。由紀子が熱いミルクにちょっとだけ口をつけて唇を舐《な》め、ぼくがぬるくなった紅茶を一口すする。きのう一日、いったいぼくは何のために生きていたのだろう。

「やっぱりつけるべきだよ」とぼくは言わなくていいことを言った。「電話がないとこういうとき不便だから」

「こういうとき？」

「きのうだって、きみの部屋に電話があればこちらから……」

言いかけて口をつぐんだ。由紀子の眼がぼくの顔ではなくぼくの背後の窓を見ている。夜の街。タクシーのランプの連なりだけが見えているだろう。それとも由紀子じしんの顔が、それともぼくの背中が映っているだろうか。何かちょっとした物を買ってやったり（たとえば不二家のケーキ、たとえば夜店の風鈴）、何か値のはる物を買ってやると約束したり（たとえば蝶の形をしたピアス、そして電話）、熱心に由紀子を口説いていたのがずいぶん昔のことに思える。数カ月まえ、『放蕩記』時代の終りのころ。結局、約束は果たせないままぼくたちは男と女の関係を持ち、そしてすこしまえのぼくには、ぽんと十万円支払って女の部屋に電話をつけてやる余裕はすでになく、そしていまのぼくは、……由紀子に自分で電話を買えと勧めている。

「変ったわ」

由紀子がぽつりとつぶやいた。窓越しに見える夜の灯り。窓に映る自分の顔。窓に映るぼくの背中。

「なんのこと？」

由紀子は指先を揃えた両手をテーブルの上で重ねながら答えた。

「このごろポニーテールにしろって言わなくなったわね」

「……うん。でも、その髪型、似合うよ」

ぼくはかろうじて言った。

「初めて会った頃と同じ髪型よ」

そして黙った。

「忘れたの？」

「……」

何という髪型かぼくは知らない。要するにおかっぱにウエーブをかけたような髪である。由紀子が片手で前髪を払い、片手でミルクカップを持ちあげて飲んだ。ぼくは煙草をつけた。カップが受け皿に置かれて、大きな音をたてる。いちばん奥の席でよかった。

「あたしがゆうべ部屋で何をしてたかわかる？」

この問いには何も答えるべきではないと考えながらぼくは答えてしまった。

「わからない」

「泣いたわ」

「……」

「いまあたしがどんな気持ちかわかる？」

「わからない」

「泣きたい気持ちよ」

「……ごめん」

ぼくは言葉をできるだけ曖昧《あいまい》につぶやき、由紀子は低いけれどはっきりした口調で喋った。

「悔しいのよ。最初だけうまいこと言って騙《だま》すんだから、由紀ちゃん由紀ちゃんてとても優しかったのが、いつのまにかきみになってるんだから。何だってそうなのよ。ばかにしてるんだわ。思い出せば思い出すだけ……、あたしが中学のときソフトボール部でセカンドを守ってたって言ったときも、ぼくはショートだったんだよ、二人でダブルプレーができるね、なんて。それから、ポニーテールにしたらもっと可愛くなる、いまはこのビルでいちばん可愛いけどポニーテールにすれば隣りのビルを合せてもいちばん可愛くなるなんて。それから……もういいかげんなことばっかり。悔しくてゆうべ泣いたのよ。みそ汁に生卵を入れてなにが悪いのよ」

「………」

「もうぜったい会ってやらないと思ってたのよ。いまだって、スエードのジャンパーを着た若い男が待ってるって言われたら、いまどきそんなもの着てるのは他にいないからあたしにはすぐにわかって、もう会わないってゆうべ決めたばかりなのに……、あたし悔しくって」

「………」

「言っとくけど、あたしが泣いたのはきのうで三度めよ」

それで由紀子はどうやら言いたいことを言い終って、ぼくと同じように押し黙った。

三度めというのは、ぼくのせいで三度泣いたという意味ではない。前にも言ったように、由紀子は二十二年間の人生で、おとついまではたったの二度しか泣いたことがなかったのである。ぼくは煙草を消した。由紀子は唇を嚙み、それを隠すために舌を出して唇を舐め、また耐えきれずに嚙んだ。しかし人生で四度めの涙は女の眼から流れなかった。彼女はもう三年以上、夜の仕事をつづけている。仕事の途中でアイラインを引きなおした経験は一度もなくても、口紅を塗りなおした夜は数えきれぬにちがいない。

由紀子が初めて泣いたのは小学生のときである。彼女の父親は飲んだくれで、酒を飲むと（ということはほとんど毎日のように）、理由もなく彼女の母や、彼女の二人いる兄や、彼女にあたりちらした。それを嫌って、中学生の兄たちは、夕方、父親が仕事から戻るまえに家を出て夜遅く帰ることを覚えたけれど、小学生の由紀子は毎晩、隣りの部屋でふとんに入って、襖《ふすま》ごしに自分の父親が母親を罵《のの》る声や、酒瓶が倒れたり御膳がひっくりかえったりする音や、ときには男のこぶしが女のからだを打つ気配を聞かなければならなかった。

明日が小学校の遠足という夜にも父親は、妻に酒を買いに走らせ、その時間がかかりすぎたことをさかなにして怒りながら飲んだ。十歳になるかならないかの由紀子は、ふとんを頭までかぶって耳をふさぎ、眠ろうとつとめた。以前いちどだけ、父が空の一升瓶で母を殴ろうと振り上げたのを止めに入り、物も言わずに蹴りとばされて額から血を流す怪我をしてからは、子供心にどうしようもないことと諦めていたのである。が、その夜の父親の荒れ方はひどすぎた。三十分たっても一時間すぎても男の罵声《ばせい》はやまず、由紀子は眠れない。たまりかねて襖を開けると、父は母の髪の毛を摑んで揺すぶっていた。由紀子は何かを叫んで敷居を跨《また》いだ。何かに当って突きとばされ、襖ごと隣りの部屋へ倒れこんだ。母親が助けおこし、母親の手につかまり、二人で逃げた。サンダルをつっかけた母娘は玄関を出て、長い間（男が酔って寝てしまうまで）夜の町内を歩きまわった。母はときおり娘に気づかれぬように泣いた。しかし娘はそれに気づきながら泣かなかった。由紀子が泣いたのはそのときではない。

あくる朝、母は娘の遠足の弁当に巻き寿司を持たせてくれた。前の晩に買っておいたものである。夫の酒は妻に子供の弁当をこしらえることさえさせなかったわけだ。由紀子はいつもの朝とおなじに、ゆうべ何もなかったように学校へ行き、クラスのみんなと遠足に出かけた。おひるになって、仲の良い友だちとあつまって弁当を開いた。けれど、寿司屋の包装紙を開けてみた由紀子は思わず息を呑《の》み、あわててまた包みなおした。友だちから逃げるようにその場を離れ、一人きりで遠くの木陰に隠れてすわった。ふいに涙がつきあげたのはそのときである。母親に二本の巻き寿司をまるごと、切らないまま遠足の弁当に持たされた小学生の女の子は、泣きながらもういちど包みを開いた。泣きながらその巻き寿司を両手で持って、二本ともたいらげた。

由紀子がその次に泣いたのは、商業高校を中退して上京し、美容室に住み込みで働いていた頃のことである。同じように住み込みで働いている娘たちが他に七人ほどいたのだが、彼女たちはみんな由紀子より年上だった。いやでも由紀子は彼女たちのことをお姉さんと呼ばなければならなかった。八人の娘たちは持ちまわりで夕食をつくることに決っている。つまり八日に一度、由紀子にも料理当番が回ってくるわけである。誰からも料理を教わったことのない由紀子は、最初のうちインスタントのカレーやシチューでごまかしていたのだが、二、三カ月もすると、お姉さんたちから、またカレーライス？　あんたばっかりシチューじゃあたいがつくれないじゃない得意なのに、などと不満が出る。ついにある日、彼女たちの一人から、きょうはオムレツが食べたいわ、と有無を言わさぬリクエストがあった。

由紀子は仕方なく玉ねぎを刻み、豚と牛の合挽《あいび》き肉をいためることになる（玉ねぎを刻むときにも由紀子は涙を流したかもしれぬが、それは数に入れない）。そこまではうまくいった。が、そのあとが、いためたものを卵でうまくくるむことがどうしてもできない。一つめは失敗して、つぎはぎだらけの卵焼きになった。でもこれは自分で食べればいい。ところが二つめも失敗、三つめもつぎはぎ、四つめもまた……で、とうとう八人分ぜんぶ失敗作ができあがる。けれど由紀子はここでは泣かなかった。生れてはじめてこしらえたんだもの、しようがないじゃない、と恥をしのんで食卓へ運んだ。見た目には出来そこないでも、玉ねぎと挽き肉入りのオムレツには違いない。それは違いないけれども、しかしお姉さんたちは断固として違うと言った。口々に、なんなのよこれやだこんなのオムレツじゃないわよフンまあグロテスクはじめて見たわ一日働いてこれがあたいの晩ごはん？　などと厳しく批評して、皿を突き返した。一人くらい我慢して食べてくれるお姉さんがいれば救われたかもしれないのに、七人が七人とも箸もつけずに席を立って、外へ出ていった。ラーメンでも食べたほうがましね。こうして、由紀子は広い食卓に一人きりで腰かけて、涙を流しながら自分がつくった（つくれなかった？）オムレツを味わったのである。

この二つの涙の話を、いつだったかぼくはベッドのなかで眠りにつくまえに聞かされたのだった。そのときぼくの頭に浮んだことは、どちらの涙も食べ物に関係してるな、というわりあい冷静な分析で、不思議に同情はわかなかった。二度目の涙のほうはよくある（誰だっていちどは経験する）先輩たちの後輩いじめとしてあっさり片付けることができたし、一度目のほうだって（冷たい言い方だが）よくある不幸にはちがいない。酒のみの父親を持ち、その暴力に疲れた母親を持ち、遠足に満足な弁当も持たせてもらえぬ小学生はたしかに可哀相といえばいえるけれど、しかしたとえちゃんとした弁当を持たせてもらったとしても、その小学生が幸せとはかぎらない。

ぼくは由紀子よりも比較的裕福な家庭に育ち、酒のみだが大人しい父親を持ち、生け花の教室で何十人もの生徒を教える母親を持ち、遠足のときは友人たちと一緒に食べても恥しくない弁当を持たせてもらったが、それには母の手がかかっていなかった。ぼくの家にはいつも祖母と母の他に女手がもう一人、家政婦としていたのである。そのうち何人かは長くて一、二年ぼくの家に通い、何人かは三日もたたずにやめてしまうこともあったが、ぼくは一人として彼女たちの顔や、声や、手のぬくもりや、匂いを記憶していない。おやつや食事だけを提供してくれる、あるいは着替えや風邪薬やリュックサックを用意してくれるまるで機械みたいな女性たちに、妹の桃子はどうだったか知らぬが、ぼくはいちどもなつかなかった。由紀子の家庭よりも裕福な、大人しい父親のいる小学生は、顔も口もない機械が差し出す弁当を持って遠足へ出かけなければならなかった。たぶん、いつの時代にも、百人の小学生には百通りの家庭があるにちがいないのである。そして百通りの不幸がある。

ぼくは小学生時代いちども泣いたおぼえはないけれど。

ぼくが記憶しているぼくじしんの涙も人生で二度きりだ。

ベッドに横たわって、薄い闇のなかで由紀子の話を聞き終ったとき、だから彼女に同情したのは（したとすれば）ほんの一瞬ほんのちょっぴりで、すぐに、女の肩に手をまわしながらぼくの頭は自然と自分じしんの二度の涙を連想することになった。

ぼくが最初に泣いたのは、父が死んだときである。しかしそれは、父の死がただ悲しくて、父がいなくなったことが寂しくて流した涙ではなかった。なかったような気がする。いちど言ったように、修学旅行先への連絡を祖母が止めたせいで、ぼくは父の臨終に立ち会えなかった。たぶんそのことが悔しかったのだ。そのことじたいではなく、祖母の家長としての力がよりによってこんなときに発揮されたことも、祖母の言いなりになった家族や親戚たちの誰を咎《とが》めてもいまさらはじまらぬことも、悔しかったのだ。

そして二度目の涙は、……二度目にぼくが泣いたのは、それから二年後、十九歳の秋だった。……しかしぼくはそこまでで考えることをよした。ベッドのなかで由紀子のからだに手をはわせ、自分の二度目の涙を考えないためではなく、まるで彼女の二度の涙話に哀れみをさそわれたかのように抱きよせた。女の眉を、眼を、鼻を、唇をぼくの胸に感じながら。こうやって優しげに女をつつみこむ資格は、本当はぼくにはないのではないかと不安がりながら。あのときの彼女の顔を、車の助手席で窓際によりかかって眼をつむった彼女の、……映《え》子《こ》の、横顔を思い出しながら。……

向いの席で由紀子が言った。

「もう行かなくちゃ」

「………」

「十五分くらいといって出てきたから」

「ミルクがまだ残ってるよ」

由紀子はカップに手をのばした。なにもそうしろという意味で言ったのではなかったのに、彼女はミルクの残りを一気に飲みほした。女のこういうところが男をときにそそり、ときになえさせる。ぼくの腕時計は七時四十分を指そうとしていた。ぼくたちはテーブルをはさんで向い合い、ほとんどの時間を会話よりも沈黙のために使ったのである。まるで言葉のいらない幸せな恋人たちのように。彼女がいつか涙の話と一緒に教えてくれた額の傷跡をさがそうとしたけれど、髪型のせいか、それとも化粧のせいか見つけることはできない。由紀子が立ちあがり、遅れてぼくが腰をあげた。

「今夜、待ってる」

「………」

「頼むよ。もういちどゆっくり謝るから」

「遅くなるかもしれないわ」

「何時でも待ってる」

エレベーターが降りてくるのを待つ間に、由紀子が訊いてきた。

「ほんとは何しにきたの?」

「……?」

「何かあったんでしょ?」

ぼくは言った。

「会いたかったんだよ」

言い添えた。

「別に理由はないんだけど」

言いさした。

「他に会う相手がいないし……」

由紀子はまた唇を噛んで横を向いた。

エレベーターが止った。扉が開き、さきほどの若い男が顔を出し、ぼくと由紀子を交互に見る。

「ジャンパーに電話番号を書いた紙が入ってたんだけど」ぼくは思い出して訊ねた。「心あたりないかい」

由紀子は黙ってエレベーターの箱の中へ入り、振り返ってぼくと視線を合せた。

「……」

「いいんだ、なんでもない」

若い男はふたたびぼくと由紀子を無言で見くらべてからボタンを押した。

「待ってるよ」

しかしうなずきかけた由紀子の顔は、両側から閉じた扉で隠れて見えなくなった。

＊

「だったらその紙に書いてある番号にかけてみたらいいじゃない」

クリームいろのジョーゼットのワンピースに黒皮のベルトをしめた女が、カウンターの上に片手をつき、片手で煙草をくゆらせながら言った。

「かけてみたさ」

「そいで?」

「幼稚園だって。あめんぼ幼稚園。知ってる?」

「知らない。どこにあるのかしら」

「知らないよ」

「局番は?」

「24」

「じゃあこの辺ね」

と、店ではゆりえという名前の、二十五歳で通している女は、したり顔でうなずいて、

「あたしどっかで聞いたような気がする」

と煙草を消しながら眼を細める。この辺といったって、局番24の区域は市の中心部の三分の一をしめるのである。ぼくはウイスキーの水割りを一口飲んでから、本当は勝江《かつえ》という名前の、ぼくと同い年の女に言った。

「自分の娘が通ってるんじゃないのかい」

「失礼ねえ」

と女は大声になったあとで、急に声を小さくして、

「まだ保育園よ。椎《しい》の実保育園」

「じゃあぼくの後輩だ」

「あらほんと？　あたしもそうなのよ」

「憶えてるよ。勝江ちゃんて子が隣りの組にいたな。あの子四つくらいさばよんでるぜってみんな噂してた」

「バカ」

「ゆりえさん」

と店のもう一人の女の子が、ピンクいろの受話器を持ちあげて見せながら呼んだ。呼ばれた女がカウンターの端からむこう端まで歩いていくと、代りに店のママがぼくの前に立った。

「それで電話をかけてどうなったの」

「聞いてたんですか」

「こんなに暇だもの」

と叔母は、十人分ほどある椅子にいまは（ぼくを含めて）三人しか客のいないカウンター席を見渡して、

「静かすぎて虫の声だって聞こえそうよ。聖子ちゃん、この曲もっとボリュームあげて」

「『素直になれなくて』？」

「『ラブ・ミー・アゲン』。それでどうなったの」

「何も手がかりなし」

「……ふん」

とつまらなそうにうなずいて、叔母はぼくの水割りに氷を一つ入れ足す。ぼくはもっと大切な話題に話を向けることにした。

「寺井のことなんですけど……」

あれからここへ来ませんでしたかと、言いかけたのである。ところが叔母は最後まで言わせずに、

「寺井君なら福岡へ行ってるはずだよ」

と教える。ぼくは眉根を寄せていいのか、眼をみはっていいのか決めかね、ただ呆然と訊ねた。

「……どうして？」

「奥さんの実家が久留米《くるめ》だからね」

「でも、どうして」

「連れ戻しに行ったんだろ。夫婦のことだからくわしくは判らないけど」

「連れ戻しに……でも、どうしてですか」

「だからそこまでは知らないよ」

「いや、ぼくが訊いてるのは、どうして叔母さんが寺井のことをいろいろ知ってるのか……」

「寺井君はむかしうちの常連だったもの。あんたが札幌に行ったあと、二、三年」

「しかし女房のことまで」

「うちで二、三年働いてた女の子だよ」

「……………」

「こないだ寺井君が久しぶりに現われて、ここへ近ごろ彼女が飲みに来てないかと遠まわしに訊くから、だいたいの想像はついてたんだけど。当りみたいだね。夜の街の噂は、はやいから」

「……じゃあ、その、寺井の女房は、ここをやめたあとも他の店で夜働いてた……」

「そういうこと」

「こないだぼくが来たときは何も言わなかったじゃないですか」

「何も訊かなかったじゃないの」

ぼくは思わず語調を強くして、

「寺井はぼくの友だちですよ」

言ったあとですぐに後悔したけれど遅かった。言葉を商売にしているのに、いつも言葉に裏切られる。叔母がやんわり答えた。

「ずいぶん冷たい友だちだね」

ぼくは吐息をつき、グラスの中身を一気に飲みほし、肩を落とした。急に酔いがまわったような気分だった。寺井と一緒に飲み歩いていたころは決して舐《な》めるような飲み方はしなかった。十代のぼくたちは無茶で、でたらめで、飲むほどに一気に飲みほすほどに、陽気さを増し、肩をそびやかしたものだ。叔母がボトルを傾けながら言った。

「ちょうど最後の一杯だよ。飲んだらお帰り」

「もう一本出して下さい」

「競輪で儲けたにしちゃしょぼくれてるけどね」

「勝ちましたよ十二万。……話があるんです」

叔母は新しい水割りを紙のコースターの上に載せて言った。

「あんたの相手ばかりしてられない」

「叔母さん」

「なんだい。ゆりえちゃん、これもう一本出してちょうだい」

封を切らないオールドを持った女が近づいてきて話しかけた。

「あたしも一杯もらおうかな」

しかしぼくは頬杖をついて、氷と金いろの水で満たされたグラスを眺め、なにも答えなかった。一人になった叔母がボトルの蓋を開けた。

「なんだい、話って」

「寺井は女房に惚れてますか」

叔母は自分のグラスに氷を入れながら、

「言ったろ。久留米まで連れ戻しに」

ぼくは自分のグラスを眺めたままさえぎった。

「惚れて結婚したんですか」

「知らないよ、そんなこと。誰がどうして結婚したかなんて知りたくもないよ」

四十数年の人生でまだ一度も結婚を経験したことのない女はそう言って黙った。ウイスキーを注ぎ、水を加えないままグラスを手に持って揺らす。一口味わったあとでやっと、

「女の子がいるんだよ、幼稚園に通ってる」

とだけ言った。

「幼稚園？　なんていう幼稚園ですか」

「さあね」

寺井がぼくのジャンパーのポケットにあの紙切れを入れる機会があっただろうかと、頬杖をついたまましばらく考えてみた。よく思い出せない。しかし、もしあったとしてもいったい何のためにか、それもよくわからない。頬杖をはずして、もういちど水割りを飲みほした。もし機会があったとしても、もし何のためにかかわったとしても、そんなことはどうだっていい。そんなことはきっと些細な問題なのだ。ぼくにはもっと他に考えるべきことがある。空のグラスを差し出すと、叔母は一瞬、なにか痛々しいものをながめるような眼付きで、甥の顔を見た。

「教えてください」とぼくが言った。

「何を」

「わかりません。知ってることをぼくに話してください」

「なにもないよ」

「あるはずです。ぼくに言いたいことがたくさんたまってるはずなんだ」

叔母の手が、この日何杯目かの水割りをぼくの前に置いた。それがさっきまでよりも薄めにつくってあることに気づく程度に酔っていたけれど、口には出さなかった。ぼくは左眼をしばたたいた。異状はない。

「逆だよ」と叔母が言った。「話すことがたまってるのはあんたのほうだろ」

「…………」

「ずっと黙ってたんだもの。十年間ずっと。ちがうかい？」

「…………」

ちがわなかった。ぼくが叔母に喋《しゃべ》ってほしかったのはこの台詞《せりふ》にちがいなかった。考えてみれば、ぼくは物ごころがついたころから（たぶん最初に一枚の板チョコを与えられたときから）、叔母に何かを期待しつづけながら生きてきたような気がする。そして叔母はいつもぼくの期待にこたえてくれたのである。叔母が口をつける前にまたグラスを揺らした。氷とグラスが触れ合う音を、まるで長いこと待ちに待った合図として聴いたように、ぼくの喉《のど》を言葉が突いて出た。

「ずっと気にかかってたんです」

「いやなことは忘れてしまう主義じゃなかったのかい」

「そうです。叔母さんがそう教えたんです。でも忘れられない」

「忘れなさい。いやな思い出なら忘れておしまい」

「無理です」

「どうして」

「ぼくは小説家ですよ。記憶とつき合うことはぼくの仕事なんだから……」

叔母がカウンターの上に音をたててグラスを置いた。

「なに気どってるの。会いたいんだろ？」

「気どってなんかいません」

「会いたいんだね？」

「決心がつかないんです。いまさら会ったところでどうしようもないことはわかっているし……」

「ばかだよ」と叔母が言った。「むかしからばかだったけど。でも少なくとも十代の頃のあんたは自分がしたいことをしてたよ。それが札幌の大学へ行って、帰ってきてから」

「あの頃とはもうちがうんですよ。ぼくは大人です。十年の間に諦めることも耐えることも覚えました」

「あんたなんのために十歳も年をとったの。ただ大人になるためかい。したいことをせずに我慢できる大人になるためかい」

「………」

ぼくは薄めの水割りを黙って半分ほど飲んだ。二人の客が勘定を言いつけて、叔母がそっちのほうへ歩いて行った。あんたなんのために十歳も年をとったの。ただ大人になるために……。叔母の言葉がぼくの酔いのまわった頭を刺激した。ぼくはなにかを思い出しかけた。薄めの水割りの残り半分を飲み、自分でもう一杯つくった。女たちの声が揃って送る挨拶を言い終らぬうちに、揃って迎える挨拶に変った。二人の客が腰をあげ、新しい三人連れの客が腰をおろし、店は落ちつきをとりもどすまでに十分ほど時間がかかった。また叔母が戻ってきてぼくの前に立つ。そのときまでに、ぼくはすでに思い出した文句を口のなかで何度もつぶやいていた。

もしわたしたちが、いつかおとなになることだけのためにうまれてきたのなら……

ちょうど十年まえの夜にも、ぼくはその文句を口のなかで何度も何度もつぶやいたのだった。そばには叔母ではなく、ぼくと同じ十九歳の女の子がすわっていた。ぼくは車のなかから、踏切の警報ランプがしきりに赤いウインクをくり返すのを見ていた。もしぼくたちが、いつかおとなになることだけのためにうまれてきたのなら……

「叔母さん、ぼく……」

「ぼく、何だい」

「彼女はどうでしょう。ぼくに会いたいと思ってますか」

「どうかね」

「いまでも憶えてるでしょうか」

「忘れるもんか」

「どうして」

「彼女は女だよ。思い出とつき合うことは女の仕事なんだから」

「叔母さん……」

「叔母さん叔母さんて、あんた店の中ではすこし遠慮して呼びなさい」

BECAUSE のママは自分のグラスに氷をいくつかほうり込みながら注意した。

「誰も聞いてませんよ。叔母さんはどうですか。たとえば看護婦時代に恋した人に今でも会いたいと思いますか」

「その話だれから聞いたの」

「いつだったか叔母さんが自分で喋ったんです」

「それ一杯飲んだらもうお帰り」

「ねえ、どうです、会いたいと思いますか。それとも、やっぱり……」

「やっぱり？」

「憎んでる」

「あたしはどんな男も憎んじゃいない」

「女はみんなそうでしょうか」

「知らないね。憎しみは想像力の欠如がもたらす」

「それは誰が……？」

「いつだったかあんたが自分で言ってたよ。何かの本に書いてあったって」

入口の扉が開いた。アメリカ人の客が五、六人まとめて入ってきて、店のなかはとたんにあわただしくなった。叔母が大げさな愛想笑いを浮べて応対する。ハイ、ジム、元気？　フアインサンキュ、ワッウッジュライク？　ジムにビールを。それからこっちの二人はラムコークだって、サントリーのラムじゃなくてバカーディのをね。あなたは、バーボンコーク？　あなたは？　あらやだミズワリだって、日本語喋るじゃない。ぼくは今夜の勘定分をカウンターの上に置いた。この店では何をどれだけ飲めばいくらになるか、請求されなくても自分で計算できる。ぼくは腰をあげた。もしぼくが、いつかおとなになることだけのためにうまれてきたのなら。もしそうだとしたら、この十年間は無駄ではなかったわけだ。ぼくは諦めることを知り、耐えることを覚えて大人になった。あのときけりをつけようとしてつけられなかった人生と、上手におりあいをつける方法を覚えた。ぼくは重い腰をあげた。椅子をはなれ、出口へと歩き、扉を押した。しかしその代りにぼくは決心をためらう、動くまえに尻ごみする大人になった。通りには人の数よりもタクシーの数の方が目についた。一台がすぐにすり寄ってきて、ぼくの前で止る。タクシーとBECAUSE の扉が開き、叔母の声が背中で言った。

「どこへ行けばいいのかわかってるんだろうね」

「……？」

ぼくは眉をひそめて振り返った。

「何をすればいいかわかってるんだろうね」

「わかりません、どうすればいいのか。ヒントをください」

「LAST BUT NOT LEAST……」

「なんです？」

「最後に一つ大事なことを言えば、YOU MUST LOVE……」と叔母はそこまで言うと短い息をついて、首をゆっくり横に振り、「学校で習わなかったかい？」

「さあ……」とつぶやいてから、ぼくは最後に一つ大事なことを訊ねた。「目的語は何ですか」

「自分でおさがし」

6

(もしわたしたちが、いつかおとなになることだけのためにうまれてきたのなら)

と映子《えいこ》が声に出して読んだ。

車は海岸沿いの道路を走っていた。

もうすぐ左手に造船所の灯《あか》りが見えてくる。

カーラジオは引退した長嶋茂雄の監督就任のニュースを伝えていた。

左の眼がかゆい。

ぼくはアクセルペダルに置いた足の力を抜いた。

助手席の映子がもういちど同じ一行を読んだ。

造船所がオレンジいろの炎につつまれているように見える。

もしわたしたちが。

ぼくはブレーキを踏んだ。

いつかおとなになることだけのために。

ゆっくり踏みつづけた。

うまれてきたのなら……。

映子が本を閉じた。

車は道路の左端に停止した。歩道と金網のフェンスを隔てて、もし見ようと思えば左手下方に夜間作業中の巨大な船が見えるはずだ。船はオレンジいろに染まっているだろう。その照明灯のいろはぼくたちの車までとどいて、窓ガラスや、映子の顔や、彼女の手に握られた一冊の本をあわく染める。本の表紙には白い髭をたくわえた老人と、その横に子供が一人描かれていた。みどりのゆび、モーリス・ドリュオン作、安東次男訳、という文字をぼくの右眼がなんとかさがしあてた。ぼくじしんの名前が、いつか本の表紙を飾るときがくるだろうか。ぼくじしんの物語をいつか持つときがくるだろうか。いま書いては破り、破っては書くことをくり返している物語の断片を、一つにまとめあげる情熱がぼくにあるだろうか。

（つづきを読んでくれよ）

とぼくが頼み、映子が栞《しおり》をはさんだ頁《ページ》を開いた。

（もしわたしたちが、いつかおとなになることだけのためにうまれてきたのなら、あたまが大きくなるにつれて、わたしたちのあたまのなかには、ふるいかんがえが、とてもかんたん

に住みつきます）

その情熱をこの先ずっと、二十歳をすぎても三十歳をすぎても求めつづける勇気がぼくにあるだろうか。

（つづけて）

とぼくがいった。オレンジいろのゆらめきを眼にたたえた女がつづきを読んだ。

（ふるいかんがえは、ずいぶんむかしから、本のなかにかいてあります。だからわたしたちが、ねっしんに本をよんだり、また、たくさん本をよんだ人のいうことに注意ぶかく耳をかたむければ、かなりはやく、おとなになることができます）

映子がためいきをついて本を閉じた。後からやってくる車のライトが一瞬ぼくたちを白く照らし、そして追い越していく。前からやってくる車のライトが一瞬ぼくたちを白く照らし、そしてすれ違う。ぼくは運転席を倒して仰むけになり、眼をつむった。

（寺井君はどうしてるかしら）

と助手席で映子が言った。ぼくは眼をつむったまま訊ねた。

（きみはなんのために生きてるんだい）

短い咳を二度し、それから左眼をしばたたいた。映子が訊いた。

（……あなたは？）

（寺井はボンドを吸うために生きてるよ。酒を飲むために、競輪を当てるために、女をくど

くために)

映子がくりかえした。(あなたは?)

ぼくは左眼をこすりながら答えた。(わからない)

(あたしは……)

と映子が言いかけ、ぼくがさえぎった。

(むかしは本を書きたかったんだ。でもいまはよくわからない、なんのために生きてるのか)

(どんな本?)

(小説。小説家になるのが夢だった。読者が我を忘れて読みふけるような小説が書きたかったな。トム・ソーヤの冒険、巌窟王、嵐が丘、アンナ・カレーニナ……)

(赤毛のアン……)と女がつけくわえた。

(ぼくじしんの物語を書きあげて本にするんだ。そして宣伝文句にこう言う。この本は、土曜日の夜と雨の日曜日に読んでもらうために書かれた……。むかしぼくがそうだったように。それが夢だったな)

(どうして過去形なの?)

(ぼくはもうおとなだよ。夢は子供が持つものだ)

(まだ十九歳よ)

ぼくは仰むけに寝ころんだまま、頭のうしろで腕をくんだ。

(でもぼくの頭のなかにはふるい考えが住みついてる。本をたくさん読みすぎたよ。ぼくはもう、たぶん何もしたくない)

(なにも……?)

(いままでしてきたことはなにも。これからのこともたぶん)

そう言って、左眼だけを開けた。やはりなにも見えなかった。ぼくは言い添えた。

(きみは寺井と寝たんだろ?)

暗闇のなかで女の身じろぎの気配だけ感じ取れた。女がなんと答えようと同じことだった。女は答えなかった。それともぼくが次の言葉を早く口にしすぎたのかもしれない。ぼくはこう言った。

(それも読んだよ。どこかで知ってる。ぼくはなんでも知ってるような気がする。経験するまえに知りつくしてる。きっと新しいことなんてなにもない)

女が心もちかすれた声で呟いた。

(あたしは新しいことをしたいとは言ってないわ)

(わかってるよ。でもそれは古い考えがきみの頭のなかにも住みついてるからじゃないか)

(あたし、寺井君もあなたも、二人とも……)

と女が言いかけるのを、ふたたびぼくはさえぎった。

（でもぼくはきみを……）

しかしぼくじしんも、言いかけたまま口を閉ざした。そのときぼくの台詞《せりふ》をさえぎったのは中学時代の記憶だった。唯《ただ》ひとり本心を打ちあけてくれた女の子の記憶だった。本当はぼくは、映子に最後まで喋らせるべきだったのかもしれない。けれど彼女は、言いかけてさえぎられた台詞をもうつづけようとはしなかった。沈黙が訪れ、ぼくは造船所の照明がフロントグラスに淡く映えるのを片眼で見ながら、後方から前方からやってきては追い越しすれ違っていく車の音を聴きながら考えた。一人の女をはさんだ二人の男。どこにでも、どの時代にもあった三角関係。エターナル・トライアングル。（あたし、寺井君もあなたも、二人とも……）たぶん好きだから彼女は二人と寝たのだろう。（でもぼくはきみを……）あるいはほんとうは好きだからぼくは映子を、寺井が最初に知り合った女を横どりするような形で抱いたのかもしれない。たしかに行為はあった。けれど女は、映子は行為を言葉にすることを行為に意味を与えることをただのいちどさえぎられただけでためらい、そして男は、ぼくは行為は言葉と結びつかないことを行為を何度くりかえしても意味などともなわないことを、少年時代のあどけない記憶のために一瞬だけ忘れようとした。

行為のあとぼくはいつもひとりぼっちになった。言葉にする気力は使い捨てたコンドームのようにしなび、意味はコンドームの中身のように白く濁った。終ったあとでも女に背中を向けないのが愛情なら、ぼくは女に対していちども愛の感情を持ったことがない。終ったあとでも言葉をもてあそび意味をこねあげることが恋愛なら、ぼくはいちども恋愛をしたことはない。十九歳。ぼくはいちどだけ少女に好きだと告白され、いちどもその言葉に応《こた》えたことがない。終ったあと、ぼくはいつもひとりぼっちで、女の裸の腕を胸を脚を寝息をわずらわしく感じ、ひとりぼっちで車のなかで死んだ父のことを思った。単なる交通事故としてではなく、父の死に方を理解することがぼくの二年間の課題だった。臨終のときの祖母の冷たさを、葬儀のときの叔母の憔悴《しょうすい》を、どちらのときも母の従順を、解き明かすことがぼくの課題だった。ベッドのなかでいつもぼくは考えた。ひとりぼっちの父と祖母の娘である母との間に生れた子がぼくである。退屈な結婚生活に、祖母の横暴に不平を言わず酒を飲みつづけて死んだ男の息子がぼくである。子供の教育を祖母にゆだねることを認め、妻の家事を家政婦にまかせることを許し、臨終に息子の立ち会いを要求できなかった男の血をうけた人間がぼくである。ぼくは祖母の何も認めず、母の何も許さず、父に何も要求しない。祖母を敬うことはできないし、母を慕うことはできないし、父を恨むこともできない。ぼくは女と寝て、女に自分の血をうけた子をはらませ、その女を、たぶんその子も愛さないことだけできる。

たとえいま映子のお腹のなかにいるのが寺井ではなくぼくの子だとしても、きっとぼくは家族というものに対して感じた、感じる、感じている気持ちと同じような気持ちで子どもを見るだろう。そしてそのときぼくの眼は（いまは右眼だけしか見えないけれども）、車のフロントグラス越しに夜の闇を、闇に映る淡いオレンジいろを、あるいはもっと向うをもっと遠くを、ぼくの夢ぼくの未来ぼくの人生を見るときの眼に似ているだろう。ぼくは映子を愛せないのと同じように、これまでをこの先をいまこのときを愛せない。

ぼくは座席を起してすわりなおした。映子の膝のうえにはまだ童話の本が載っている。もしわたしたちが、いつかおとなになることだけのためにうまれてきたのなら。もしぼくが、いつか女を抱き子をはらませ二人を愛さないことだけのためにうまれてきたのなら。ぼくは女の膝から本をつかみ取って、後の座席へ放った。

(こんな本、意味ないよ)

(………)

(あたしどうしていいのか、何を喋っていいのかわからないわ)

(本なんて誰が何を書こうと意味はない)

(きみは寺井が好きなのか)

(……好きよ)

そしてぼくは質問を一つとばした。

(でもきみのおなかにはぼくの子供がいるんだろ?)

(………)

ぼくはジャンパーのポケットをさぐりながら言った。

（いいんだよ。ぼくはかまわない）

女が助手席側の窓にかるく頭をぶつけながら訊いた。

（何が？　何がよくて、何がかまわないの）

ぼくは言った。

（これから一緒に行こう）

女が身をおこした。ぼくの手がポケットからつかみ出したものを視《み》つめた。

（睡眠薬。うちの祖母が使ってる）

（……どうするの？）

ぼくは銀紙と透明なプラスチックで一粒一粒包まれた錠剤を、女の膝のうえにまとめて落した。

（飲むんだよ）

（………）

ぼくは片手でハンドルを握り、片手でキイをひねった。ハンドブレーキをもどし、ギアをつなぎ、アクセルペダルを踏みこむまでに女がもういちど訊ねた。

（どうするの？　あたしたち、一緒にどこへ行くの？）

ぼくはフロントグラスに向って左眼のウインクをしながら答えた。

（これから死ぬよ）

なにを考えてるの？


「ねえ、なにを考えてるの？」

と由紀子がもういちど訊ねた。

ぼくはベッドのうえで寝返りをうって向い合い、左手を彼女の頸《くび》の下へまわし、右手を肩においた。

「なにも考えてない」

「うそ」

「ちょっとうつらうつらしてた」

「いびきが聞こえなかったわ。ちょっと寝るときはいつも聞こえるのに」

「夢を見てた」

「……どんな夢？」

「夢はさめたときには忘れるものだよ」

「いじわる」

ぼくは肩においた手をずらし、女の頭をくるみこむように引き寄せた。女の声が鎖骨のあたりで囁いた。「……あたしのこと好き？」ぼくは指を使って女の髪のなかから耳をさがしだし、耳たぶをいじりながら、答えなかった。『放蕩記』時代に一緒に遊び呆《ほう》けた友人が、女には三通りあると言ったことがある。私を好きかと行為の前に訊ねる女。行為の途中に訊ねる女。行為の後に訊ねる女。三番目がいちばん始末が悪い。三番目がいちばん男に騙《だま》されやすい。そしてたいていの女は三番目だ。ぼくはほんのちょっぴり女全般に同情しながら、しかし質問がリフレインされつつ冬近い夜の静けさのなかに溶けこむまで待った。それから言った。

「話があるんだ」

「女のひとのこと？」

「……うん」

「あたしもあるの」

「なんだい」

「そっちが話してから」

「先に話せよ」

女の舌がぼくの鎖骨をいちど舐《な》めてから言った。

「……きょうね、病院へ行ってみたの」

ぼくはとたんに緊張した。最後まで聞かずに女の頭にまわした手をはなした。これがテレビドラマかなんかなら「具合でも悪いのかい」と男がのんびり訊ねるところだろう。しかし現実は、シナリオライターが視聴者をなめてかかるほどには甘くない。男が改まって話があると呟けば、それは他の女のひとのことだと相手は勘づくし、女が病院といえばそれは産婦人科と決っている。このように、現実の恋人たちはいつでももっと敏感である。ぼくはほんのちょっぴり同情を捨て、もてるかぎりの冷酷を拾い集めた。

「できたのはしようがない。ぼくにもきみにも、責任は半分ずつある。でもおろしてもらうよ」

「………」

「いいね」

ベッドのなかで抱き合った女が吐息をついた。

「あたしは病院へ行ってみたと言っただけなのよ」

「産婦人科だろ」

「でも尿検査はマイナスだったの」

「……?」

「生理が遅れてるだけだって」

ぼくは吐息をつき返した。「よかったじゃないか」

由紀子がぼくの左腕から顔をあげ、右腕を払いのけ、背中を向けた。

「やっぱり来るんじゃなかった。……あたし、こんなのいや」

「おとついのことはもう謝ったろ？　……いま子供ができたってしようがないよ」

「あたし、どうせ結婚できないのなら、こんな関係つづけたくないわ」

「結婚のことはまだなんにも話してないぜ」

「結婚すれば子供ができるのは当然じゃない」

ぼくはこの受けこたえに少しめんくらって、黙ったまま女の背中をながめた。

「病院と聞いただけで、おろせなんて言うんだから」

「それはいまは無理だという話だよ」

「子供は嫌いって、言ったじゃないの」

「言ったっけ」

「言ったわよ」

「子供と年寄りが嫌いって言ったはずだけどな」

「茶化さないで」

由紀子の声がちょっと強くなり、尻がちょっとうごいた。

「はじめから言ってたわ。子供は大嫌いだって。いまだってさきだっておんなしよ。あたしが子供の子の字も出さないのに嫌いだって、まえもって釘をうつみたいに言うんだから。残酷だと思ったわ。子供を生むなってことよ。つき合っても結婚はしないって言われたのと同じじゃない。だって結婚すれば子供は生れるんだから。子供は嫌いと女に向って言うのは、おまえとは結婚しないと言うことよ」

ぼくは返事をしないでしばらく考えこんだ。たしかにぼくは子供（と年寄り）は嫌いである。自分のことしか考えないからだ。思いやりを知らないからだ。自分を中心に世界が回っていると思いこんでいるからだ。たしかにそういう子供（と年寄り）が嫌いだと由紀子に言ったおぼえがある。ぼくは自信を持って言えることは誰にでも言うのである。子供が嫌いだと宣言することは、由紀子が言うように、子供なんか欲しくないという意味にとれる。そして結婚すれば由紀子が言うように、子供が生れるのは当然、とまではいかなくてもまあ普通のことだろう。とすると子供が嫌いだと宣言することは、由紀子が言うように、結婚はしないと宣言することに等しくなるわけだ。つまり、由紀子が喋《しゃべ》ったことは、釘をさすの言いまちがい（だと思うが、あとで念のため辞書を引かなければ）を別にすれば、おおむね正しい。筋道にかなっている。論理的である。ぼくはそうゆっくり考えて、いままで自分で気づかなかった、しかし指摘されてみればその通りのことを言ってみせた女の背中を見守った。

その背中は狭く、白く、肩胛骨《けんこうこつ》はとがり、まばらにうぶ毛がはえていて、薄い小さな染みも何カ所かついている。ぼくは女の背中をいまはじめてのようにあらためて見なおし、女の頭の中身を同じように見なおした。

「……それで、話って何だい。……病院へ行って……」

と、じゅうぶんすぎるほど間《ま》を置いたあとで、ぼくは出発点に戻って訊ねた。まるで、そこまで戻れば、話が違う方向にむかってもういちど始まり、いまのやりとりをなかったことにできるかのような、淡い期待をいだきながら。しかし由紀子は背中を向けたまま、こう言った。

「あたし結婚するわ。いまみたいな関係はいやだから」

「……………」

「決めたの」

「決めたって……そんな、自分ひとりで決められても、ぼくは」

「あなたがあたしと結婚したくないのはわかってるのよ。それはもうさっき結論が出たでしょ。でもあたしは結婚したいの。だから別の人とするわ」

「なんだって？」

「自由意志と因果律は一致するんだわ」

「……なんだって？」

「もう決めたのよ」

そう言うと、由紀子は仰向けになりながら上の方へずり上がり、枕に背中をあずけて、裸の胸を隠すために、ふとんを引っぱりあげた（そのせいで、ぼくも彼女と同じ姿勢に移らざるをえない）。それからベッドの脇のテーブルに置いてあった編みかけのコースターを取り、レース編みを始めた（ぼくがさっき居間でおとついの晩のことを謝るときも編みながら聞き、最後の手段でベッドに誘ったときもそれを手から離さなかったのである）。これは普通ではない。女が結婚する相手とはちがう男と一緒にベッドに入ってレース編みをする、という状況設定も普通では考えられないけれど、だいたい、由紀子が「いまみたいな関係」とか「さっき結論が出たでしょ」とか堅い言葉づかいをすることからして普通ではないのである。ましてや何とかと何とかの一致なんて……いったい何のことだ。ぼくはひどく混乱してしまった。この状況をなんとかしなければならない。しかつめらしくレース編みをしている女に、だまって見とれている場合ではない。しばらく考えた末、由紀子がぼく以外の誰かとの結婚を宣言したことはひとまず置いて、ぼくは言葉の問題から攻めてみることにした。主題より先に文体である。レトリックに引っぱられてテーマを見失うのが小説家としてのぼくの欠点でもある。

「ねえ、何と何が一致するって言った？」

すると由紀子は編針を使いながらすぐに答えた。

「自由意志と因果律」

その答え方はまるで、アメリカの首都はどこかと訊ねられた小学生のように明快で、自信に満ちている。

「どういう意味？」

「わかるでしょ？」

「まあね。だいたいはね。でも説明してくれないかな」

「結婚したいという気持ちがあたしの自由意志よ。あたしの結婚相手があたしの初恋の人だったってことが因果律だと思うの」

こんどの答え方はまるで、アメリカの五大湖を訊ねられた小学生のように予習のあとがうかがわれる。ぼくはつきつめた。

「どこで読んだ?」

「……アイリス・マードック」

「アイリス・マードック……」

「『勇気さえあったなら』という小説よ」

「わかってる、それくらい。やっと思い出したぞ。どこかで読んだ文句だと思ったんだ。どうりで……、どうしてきみが、どこでそんな小説を読むんだ?」

「こないだあたしが日曜洋画劇場を見てるときにあなたが熱心に読んでたのよ。話しかけても返事もしなかったわ」

「なぜ読んだのかってぼくは訊いてるんだぜ」

「だから、ちょっと借りて読んだんじゃない。あなたが面白がるのはどんな本かと思って……そしたら自由意志と因果律は一致するってとこに線が引っぱってあったから、あたし辞書を引いて、自分で考えて……」

ぼくは聞いてるうちに自分の日記を盗み読みされたような不快をおぼえ、頭に血がのぼった。

「他人《ひと》の本を勝手に持ち出して読んだのか。ぼくが子供と年寄りと本を読む女が嫌いだということを知ってて読んだんだな？」

男の大声に気圧《けお》されたように女は身をこわばらせた。しかし、ふるえがちな指でレース編みはやめず、男の顔を見ずに抵抗した。

「なによ、女の読者の手紙は嬉しそうに読んでたくせに」

「ファンレターを読んでなにが悪い」

「ファンレターを書いたのはあなたの本を読んだ女よ。ああ……編目をまちがえたわ」

由紀子は編みかけのレース糸と編針を持った両手をふとんにたたきつけた。

「本を読む女の手紙はまだ許せるんだ」ぼくはかまわずにつづけた。「でも本を読む女と寝るのはごめんだね」

そう言ったとたんに女の手のひらがぼくの頰を打った。きょうは普通でないことがいろいろとおこる夜である。ぼくは自分の手のひらで頰をおさえながら、ついでに左眼に異状がないことを確認し、訪れた静けさをしだいに女の涙の気配が占めていくのを感じ取った。由紀子は顔をそむけようともせず、すこしずつあふれてくる涙を拭《ぬぐ》おうともせず、編物を持ちなおすと、唇を嚙んで泣きはじめた。彼女が流す人生で四度目の涙である。ぼくがこの眼で見る彼女の初めての涙である。

「待ってくれよ」

と、ぼくが何をどうとも決めきらぬうちに言いかけ、由紀子が何をどうとも聞きかえさずに（いちど言ったような気がするけれど、ぼくが待てと命じて女が待ったためしはない）、

「あんまりだわ」

と涙声で訴えた。涙声で訴えつづけた。

「あたしは大切な話をしてるつもりなのに、結婚すると言ってるのに、相手はどんな男かも聞いてくれないんだから。本を読んだとか読まないとか、そんなことどうだっていいじゃない。本なんかいっぱい持ってるんだから一冊くらい黙って持ち出したからってなによ。本を読む女と寝るのがいやなら、あんたなんかずっと一人で暮せばいいんだわ。本も読まない女がどこにいるの。どんな女だって一冊くらい読んでるわよ。『ノンノ』だって『女性自身』だって本じゃないの。大学に行ったからって、あたしが高校中退だからって、馬鹿にしないでちょうだい。なによ、大学ったって三流じゃない、それも中退じゃないの。ちょっと漢字を知ってるぐらいでえらそうな顔しないでよ。ああ……また編目をまちがえた。あたし、悔しい。あなたに会うまでがまんしてがまんして、泣かないでやってきたのに、一緒にいるとあと何べん泣かなきゃならないかわからないわ。このコースターだっていつ編みあがるかわからない。こないだ誰かが徹子の部屋で喋《しゃべ》ってたけど、ほんとに作家の奥さんなんてつら

いだろうと思うわよ。作家がみんなあなたみたいに身勝手な男なら、あたし全国の作家の奥さんに同情する。みんな別れてやればいいんだわ。あたし別れてやるわよ。あたし結婚するのよ。誰とぐらい訊いてよ。ねえ、嘘でもいいからびっくりして訊いてよ」

びっくりしてるよ、とぼくは心のなかでつぶやいた。それから声に出して言った。

「頼むよ、頼むからちょっと待ってくれよ」

「何を待つのよ。何を待てば何をどうしてくれるのよ」

「泣かないでくれ」

由紀子はやっと涙を両手の甲で拭った。ずいぶん拭いがいがあったと思う。しかしすっかり泣きやみはしなかった。

「他の男と結婚するなんて言わないでくれ。そんなに急に言われても困るよ」

「どうして？」

と泣きはらした眼をこちらへ向けて由紀子が訊ねた。ぼくはとにかく喋った。

「ぼくも話があるって言ったろ？　ぼくが先だったろ？　そっちが話してからってきみは言ったよ」

するると由紀子が言い返した。

「昔の女の話なんか聞きたくないわよ」

これはよく考えてみるとおかしい。いくら現実の恋人たちの勘が鋭いからといっても、そしてどちらかといえば男より女の勘のほうが鋭いと仮に認めても、ぼくが話があると一言喋ったただけで、他の女の話だと気づくのは（さっき言ったこととは矛盾するけれど、やっぱり）ちょっとおかしいし、それがこんどは昔の女の話とより具体的になっているわけで、大いにおかしい。しかし残念なことに、ぼくにはよく考えてみる余裕などなかったのである。だからどこかおかしいという疑いよりもむしろ、このときのぼくの気持ちはホッとしたという感じの方が強かった。こちらが困惑して、話はあるけれどいったいどこからどうやって話しはじめてよいのかわからないでいる最中に、むこうのほうから上手に水を向けてもらって、次に何を喋ればよいか教えられたわけだから。

つまり解き方がわからないで悩んでいる問題にヒントを与えられたのと同じで、そのヒントはどこから来たのだろうと考えるより先に解答のほうへ、ぼくの頭は向いた。彼女のこの台詞《せりふ》を聞き終ったときにはすでにぼくの次の台詞は決っていたといっていい。

「でも聞いて欲しいんだ。大事な話なんだよ。いままで誰にも話したことがなかった……」

にもかかわらず、こう言ったあとで、ぼくは本当はその大事な話というのを、由紀子に話すつもりなどほとんどないことに気がつかなければならなかった。というよりも、さっき話があると静かにきりだしたときの自分の気持ちを、いまとっさに思い出そうとしてつかみそこね、口ごもらなければならなかった。同じ気持ちを維持するにはあまりにも短い時間に事が起りすぎた。そして、泣きやんだ由紀子は、正確にぼくの気持ちの移り具合を読んだ。

「いいのよ、もう。誰にも話さなかった大事な話をいまさらあたしが聞いてもしようがないもの」

「いまさらって……？」

「あたしとあなたの関係は今夜限りでおしまいなんだから。こんどあなたが好きになったひとに話したらいいのよ。このひとになら話してもいいと思う女性を見つけて、聞かせてあげるといいわ」

「その話はちょっと待ってくれ」

「さっきから待ってくれ、待ってくれって。待てばどうなるのかなにも教えてくれないわ」

「結婚なんて嘘だよ。初恋の男なんて……ばかげてるよ。誰かと結婚する女が今夜ぼくと寝たなんて。考えられない」

「嘘はあなたよ。考えられないんじゃなくて考えたくないんでしょ」

「どういう意味だ？」

「あたしのことよりも、もっと大事なことを考えたいのよ」

「……そうじゃないさ。どっちも大事だけど、まずぼくじしんのほうから片づけないと」

「わかるわ。あなたがなにを考えてるかよくわかるわ」

「教えてくれよ」

「ひとりになりたがってる」

「…………」

「あたしもおなじだもの」

ぼくはため息をつきたくなるのをこらえて言った。

「ある女の子を捜そうと思うんだ」

しかし由紀子は下着をつけただけの格好《かっこう》でゆっくりベッドを降りて、脱ぎ捨てておいてあった服を拾うと、レース編みの道具と一緒に抱えて隣りの部屋へ歩いた。この部屋は明るく、閉め忘れた襖《ふすま》のむこうの部屋は暗い。ぼくはベッドの上からつづけた。

「女の子といっても、それは十年前の話で、ぼくと同い年なんだけど……どうしても捜して会いたいんだ」

暗がりのなかから、衣《きぬ》ずれの音とともに女の声が訊ねた。

「会ってどうするの」

女がフックをかけ、ボタンをとめ、ファスナーをあげ、シワをのばし、ゴミをはたく気配を聞きながらぼくは考えた。

「……わからないよ」

女は身につけるものをすべてつけ、着るものを着終った。

「まだ迷ってるんだ、本当は。会ったほうがいいのか、それともこのまま会わないほうがいいのか。でも……」

「会いたいんでしょ?」

「……うん」

「じゃあ会えるわよ。あなたが会いたくて、ふたりが再会する理由があるなら結局いつか会うことになるはずよ」

「自由意志と因果律の一致? でも彼女のほうの気持ちは……?」

襖の陰から答えはなかった。ぼくは首をのばして、暗がりのなかへ視線を向け、訊ねた。

「帰るのかい?」

「………」

「編目をまちがわせてごめん。悪いとは思ってるんだ。でもいまはひとつのことしか考えられなくてたぶんこの問題が解決したら……、それまで待ってくれないか。もういちど編みなおせるんだろ?」

「………」

「合鍵はそれまで持っててくれるね?」

しかし由紀子が何も答えないまま、足音は台所のほうへと遠ざかり、やがて部屋のドアが開き、そして静かに閉じた。

7

カウンターの内側で働いているのは三人とも男である。そのうちの一人がスパゲティや、日替りランチのコロッケや、ハム・サンドイッチをこしらえ、もう一人が紅茶をいれたり、蜜柑《みかん》をミキサーにかけたり、牛乳を沸かしたりし、残る一人は注文を聞いてまわり、出来あがったものをトレイに載せて運び、支払いのレジスターを扱う。五人掛けのカウンター席のいちばん端に二十分ほどすわってコーヒーを飲みながら、ぼくは三人の役割分担をだいたい把握《はあく》した。

もう二十分たってぼくの二杯目のコーヒーがなくなったころ、客足がとだえ、三人の男はカウンターのなかで一息ついて、それぞれの煙草に火をつけた。マイルドセブンが二人。ハイライトが一人。ぼくは目の前の、背の高い（一九〇センチ近い）、色の白い（ぼくに言わせれば白すぎる）、彫りの深い（ぼくに比べれば深すぎる）顔立ちの男にまず話しかけた。

「この店も変ったね」

背の高い二枚目は、隣りの背の低い小太りの男を振り向いただけで何も答えなかった。この二人が二十代の前半と後半、左端の料理担当が四十年配である。三人とも黒いスラックスに淡いブルーのワイシャツを着て、黒の蝶ネクタイをしめている。同じ服装だけに、かえっておのおのの年齢がうきぼりに見える。

「十年前とはずいぶん変った」

「三年前に改装したからね」

といちばん年長の男がようやく答えてくれた。

「店のつくりもだけど、従業員が。むかしは若い女の子ばかり三人くらいいたんだけど」

いちばん若い二枚目がうつむき加減のふくみ笑いを洩《も》らした。

「そのころからのお客さん？」

とまんなかでハイライトを喫《す》っている小太りが訊いた。ぼくは添削《てんさく》した。

「そのころの客」

「十年前？」と右端の二枚目。

「きみはいくつだった？」

「えーと。七歳」

「十七？」

ぼくは相手の指にはさまれたマイルドセブンに眼をやり、年長の男二人に目を移し、また相手の顔に眼を戻して言った。十七歳の少年はこくりとうなずいて、

「はい」

煙草の灰を足もとに落す。

「見えないね」

「みんないうんですよ。二十三か四に見えるって」

するとまんなかの男が、背後の棚（カップやグラスやコーヒー豆の缶がおさめてある）に寄りかかって、片手で蝶ネクタイをいじりながら言った。

「年は十七だけど、やることは二十三か四のことをやってるから」

「へへへ」

「遊んでるんだ」

「たいへんですよ」

「ねえねえ、ほんとですかね」少年が横の青年に向って片手をひらひらさせながら、急に思い出したように訊いた。

「男のあれの量は決ってるんだって。一斗樽《とだる》に八分目だってリップスティックのななちゃんが教えてくれたけど」

「なんで、ななちゃんがそんなこと知ってるんだ」

「お客さんから聞いたんですよ」

リップスティックというのはたぶん酒場の名前で、ななちゃんというのはたぶんそこで働いている女の子だろう。訊かれた男がぼくを見て言った。

「本当ですかね」

「さあね」

「一斗樽に八分目、てどのくらいですか」と少年。

「一斗入る樽に八分目だろ」と青年。

「一斗て？」

「一升瓶十本」

と中年男が脇から教えた。少年と青年とぼくはしばらく黙って、一升瓶に八本分を想像した。少年が煙草を消しながら最初に口を開いた。

「じゃ、まだあと六本くらい残ってるかな」

四十男は咳をして何も言わず、ぼくと青年は顔を見合せて、やはり何も言わなかった。

店の扉に付いている鐘が鳴り、女の客が二人入ってきて、スパゲティを二人分注文した。料理番が左手のガラスで仕切られた台所で働き始めた。ぼくは二人に訊いた。

「この店でどれくらい働いてるの？」

「ぼくが半年で」と少年が答えて、横を向き、

「二年ぐらいですか？」

「一年と十カ月」

「あの人は？」年かさの男を眼で示してぼくが訊ねた。

「三年でしょ、この店が代替りしたときからだから」

「代替り……」

「ダイガワリ、て何ですか」

「経営者が替ることだよ」

「いまの経営者はだれなの？」

「スパゲティをいためてる人」

「……そう」と呟いてグラスの水を飲んだ。

「じゃあ十年前のことなんてだれも知らないよね」

「なんかあったんですか」

「女の子がいたんだ」

「いくつくらい？」

「十九。短大生でね、ここでアルバイトをしてた」

「じゃ、もうオバンか」

「……………」

「気があったんですか」

「ぼくと十二もちがう」

「捜してるんだ」

「大学に行って聞いてみればいいんじゃないですか？」

「そのひと、もしかしてひつじ年？」

「うん。行ったよ。ぼくもそうだ。行ったけど相手にしてもらえなかった」

「ぼくもですよ」

「お客さん何をしてる人ですか」

ぼくは椅子の背にもたれ、ジャンパーのポケットに両手をつっこんだ。

「何に見える？」

「私立探偵」と少年が言った。

「水商売」と青年が言った。

ぼくは答えた。「本職が水商売で副業に私立探偵をやってる」

誰も笑わなかった。二人分のスパゲティが出来あがった。二つの皿は中年から青年へ、青年からウエイター役の少年へとリレーされ、少年がカウンターを出て客の席まで運んでいく。

ぼくはこの店の現在の経営者に訊ねた。

「むかしの店のことで何かご存知じゃないですか」

「むかしの店？」

「ええ、経営者が替る前の」

前の経営者のことなら少し知ってると相手は答えた。

「わたしのはとこだからね」

「はとこ」

「うん、またいとこ。私の母親のいとこにあたる人の息子だった」

「だったっていうのは……」

「三年前に死んだからね。胃ガンで」

「……なるほど」

少年が戻ってきて、カウンターのなかはまた三人になった。

「むかしの従業員の履歴書が残ってませんか？」

「……十年前の？」

「はい」

「ないよ、そんなもの」

「当時の住所がわかればいいんですけどね」

「短大生っていうとたぶん下宿先でしょ？」

「私のはとこの前にもう一人経営者が代ってるしね」

「町の名前だけしか記憶になくて」

「でも下宿先で聞けば本籍地がわかるかもね」

「本籍地で聞けば現住所がわかるかもしれない」

「ホンセキチ、て何」

十七歳の二枚目が訊ねた。中年も青年も小説家も答える気になれなかった。大学もだめアルバイト先もだめとなると、やはり、彼女のむかしの住所を訪ねてみるしかない。十年前の短大生の下宿先。十年前の不確かな記憶をたどって、それを捜しあてるしかない。ぼくは椅子を引いて立ち上がった。いくらかと訊ねると、青年が七百円だと答える。いまはコーヒー二杯で七百円の時代である。ぼくの不確かな記憶はコーヒー一杯百五十円の時代のものである。勘定場で、夏目漱石と引き換えにコインを三枚うけとった。お釣りを渡した少年が、もういっぺんぼくに訊いた。

「ホンセキチ、て何ですか」

「君が一斗樽を持たなかったころ住んでた土地のことだよ」

*

ぼくと寺井が向い合せにすわっている席まで、橙《だいだい》いろの制服を着た女の子がコーヒーとホットミルクを運んできた。

（どうだ？）

寺井がぼくに眼で訊ねた。脚のきれいなウエイトレスが寺井の前にミルクを、ぼくの前にコーヒーを置いた。彼女の手も、指もきれいだった。胸には名札が止めてあって、加島と姓が横書きにしてある。

（店が終ったら、三四郎で待ってる）

と寺井が彼女に囁《ささや》いた。三四郎というのはぼくたちの行きつけのスナックだった。ぼくは彼女の化粧気のない横顔を、化粧の要らないきれいな目鼻だちを注意してながめたけれど、うなずいたようには見えなかった。橙いろのワンピースに白いベルトのウエイトレスが去った。

（どうだ？）

ともういちど寺井が訊いた。

（髪の毛を切ってる）

とぼくが答えた。

（可愛くなったろ？）

（………）

（おれが切れと言ったんだ。ショート・カットの方が似合いそうだから）

寺井は彼女が歩いていった方を振り返って笑顔になった。それからカップを持って口へ運んだ。ぼくが訊ねた。

(好きなのか)

(冗談。遊びに決ってる)

寺井の唇には沸かした牛乳の膜が白くこびりついている。舌がそれを舐めてから、言った。

(でも、いままでとはちょっとちがうな)

(……どう?)

(まだわからないけどな。ちょっとちがう。この胸のあたりが)

と寺井は黒革のジャンパーを片手で押えてつづけた。

(ときどき。エヘ、キュッとなる)

(好きなんだ)

(可愛いんだよ)

(むこうはどう思ってる)

(さあな。でも髪を切ったぜ)

ぼくは黙ってコーヒーカップを持ち上げた。

(おまえはどうなんだ)

と寺井が訊いた。

(人のことばかり訊いて。おまえ最近)
ぼくはカップを口にあてたまま、待った。ぼくは最近、寺井と会う回数が減っていた。
(疲れてるんじゃないのか?)
(いや)
ぼくはカップを受け皿に戻した。
(あの女とはどうなった?)
(どの女)
(ほら、ゲームセンターで拾って、夜、泳ぎに行って、そのまま……)
(ずいぶんむかしだな)
(夏だよ、八月のはじめ)
(顔もおぼえてない)
(こないだ……先月だっけ、競輪場で連れてた女は?)
(知らない。人ちがいだろ)
寺井が長い吐息をついて言った。
(おまえ顔いろがわるいよ)
ぼくが短い吐息をついて言い返した。
(おまえがよすぎるんだ)

(あきたのか)

(何に)

(女)

ぼくは椅子に背中をあずけて黙りこんだ。スエードのジャンパーのポケットに両手を入れて、寺井の細い眼を、細い鼻筋をながめた。ミルクと唾液に濡れた唇が開いて言った。

(訊くけど、おまえ、胸がキュッとなることないか)

(ないよ)

(なったことあるか)

(……ないよ)

寺井も向う側の椅子の背にもたれかかった。それきりふたりとも黙りこんだ。

寺井が二人分を三百円で支払い、ぼくたちは店の外へ出た。寺井は待ち合せの場所へ先に行くと言った。脚と手と指と目鼻だちのきれいなウエイトレスの店が閉るまでには、まだ三十分ほどある。ぼくたちは店の前でわかれた。寺井の後姿が消えるまで見送ってから、ぼくは反対の方向へ歩き、歩きながら、ジャンパーのポケットから片手を抜いた。ぼくの手には赤いマッチ箱が握られていた。道端の電話ボックスの扉をその手で開いた。十円玉を二枚入れ、マッチ箱に印刷されている番号を回し、相手が出ると、取り次いでくれるように頼んだ。女の声が聞こえるまでに一分ほど時間が流れた。

（もしもし？）

と女が言い、

（店が終ったら待ってるよ）

とぼくが言った。

（……寺井くんは？）

（知らない）

（でも、三四郎で待ってるって）

（聞いたよ、目の前で。きみがうなずかないのも見た）

（あたし……）

（きみが髪を切ったのは、寺井が切れと言ったからだって。ぼくは他に理由があるのかと思ってた）

（理由なんかないわ）

（待ってるよ）

（でも……）

ぼくは皮肉を言った。

（学校の予習があるのかい）

（あしたは日曜だもの）

ぼくは本気で言った。
(……そうだったっけ)
(ねえ……)
(うん?)
(寺井くんはまだ何も知らないのね?)
(きみが何も喋ってないなら)
(どうすればいいの?)
(待ってる)
女が訊いた。
(……どこで?)
(いつものところで)
そう言って、ぼくは電話を切った。

*

「おはよう」
と電話の声は言った。ぼくはジャンパーの袖をめくって、腕時計を見た。午後一時ちょうど。バスの発車時刻まで六分しかない。

「おはようございます」

とぼくはとりあえずこたえた。すると相手が言った。

「ゆうべは夜遊びですか、それとも仕事？」

「重信さんはどっちなんです」

咳払《せき》いが聞こえた。それからライターをこする音。それからためいきとも煙草のけむりを吐いたともつかぬ音。

「ぼくは十一時に出社して、ひと仕事すませたとこだよ」

「ぼくだってもう身仕度が終ってます」

「身仕度？」

「出かけるんですこれから」

「きみがそんなに取材熱心な小説家だとは思わなかったな」

「……………」

「きのうもおとついもかけたけど留守だった」

ぼくはきのうもおとついも一時六分発のバスに乗って出かけたのである。そしてきのうもおとついも夕方まで歩き回ってくたくたになり、夜はスナックのはしごで疲れをいやした。十年前の記憶に残る町名だけを頼りの人捜しは難航し、なかば期待の夜の街での寺井との再会は期待だおれに終った。今日で三日目。しかし今日は一時六分のバスには乗れそうもない。ぼくはあきらめて、椅子に腰かけ、バスの時刻表のメモをさがした。重信編集者が言った。

「それで少年はいまどこにいます」

「………」

次のバスは二十分後の一時二十六分に近くの停留所にとまる。

「九州はもう出たんだろうね」

「まだです」

「……まだ?」

「まだ西海市を動いてません」

「もう一週間だよ」

「はい」

「七日たった。原稿は一枚も進んでいない。そうだね?」

「はい」

「何が原因ですか」

「気持ちです。気持ちの整理です」

「毎日なにしてる?」

「……人捜し」

「ひとさがし」

「はい」

「困ったもんだな」

ぼくは編集者のためいきを聞きながら、しばらく沈黙した。編集者が静かに言った。

「ぼくがいま何を考えてるかわかりますか」

「代りの新人のことでしょう」

「消えていった新人たちのことだよ」

「………」

「いったいきみが何を考えてるのか聞かせてもらいたいね」

まさかバスの時間のことだとは言えなかった。代りにぼくはこう言った。

「気持ちの整理をつけたいんです。ずっと気になっていたことがあります。少しずつそれがたまってきて、もう我慢できない。いちどは諦《あきら》めようと思って、じっさい諦めたと思ったんだけど、本当は諦めきれてなかった。諦めることと耐えることはぼくの人生の課題なんですが、でも、このことに限ってそれを放棄するつもりでいます。なぜなら……あの、ぼくの言ってることとわかりますか」

「つづけたまえ」

「なぜなら、このことの根はまだぼくが人生の課題を持たなかった頃にあるからです。根は引き抜かなければならない。ぼくは小説家ですからね。どんな記憶だろうと、掘りおこさなければならない。ぼくは諦めずに思い出すことに決めたんですよ。はっきり思い出して、いままでずっと気にかかっていたことを、少しずつの想像ではなくて、まるごと事実としてこの眼で確認したい。過去と現在の空白を埋めるんです。空白のなかにどんな物語があったのか読むんです。ぼくはあるときから自分じしんの筋だけたどることに決めて、もう一人の登場人物の筋を読まないように努めてきたんだけど、それじゃあ物語をぜんぶ読んだことにはならないから、最初から読みなおすんです。ぼくは小説家ですからね」

「きみが小説家だということは知ってるよ」

重信編集者がおっくうそうに割って入った。ぼくは気にせずにつづけた。

「ここで読みなおすというのは、つまり物語を作りなおすという意味ですからね。過去に眼を向けるのは小説家の伝統的な、というか基本的な態度でしょう。過去にひとり重要な登場人物がいたんです。彼女が主人公……女主人公か、とにかく中心人物です。女主人公抜きで物語は成立しませんよ。ぼくは彼女の筋を読みなおします。最初から、十年前からたどるつもりなんです。だから、彼女の十年前の下宿先をきのうもおとついも捜し歩いたし、今日もこれから」

と言って、ぼくは腕時計をもういちど見た。

「バスに乗ります。あと十分しかありません」

ここで編集者が感想を短くまとめた。

「まるで通俗小説の主人公だな」

ぼくは好意的でない批評には慣れている。

「現実はこんなものですよ。純文学の小説家だって、じっさいには俗な人間であるわけですから」

「はい？」

「煙草が切れなかったらもっと話したいところだけどね」

「また電話します」

「そうして下さい」

「ひとつだけ言ってもいいかい」

「なんです？」

「ぼくはときどき君の気まぐれがうらやましくなる。気まぐれが許される小説家という職業が」

「皮肉ですか」

「いや。ぼくは編集者だからね。いろんな小説家の気まぐれとつきあってきた。それがぼくの職業だよ。気まぐれのツケが必ずまわってくることも知ってる。そのときの小説家の辛さも知ってる。同情を通りこして痛ましいくらいの」

「……」

「覚悟はしておいたほうがいい。ぼくが言いたいのはそれだけです」

「……」

「では、君が何も返す言葉がないのなら、また電話します。さよなら」

「……さよなら」

と言いかけたときには、すでに電話は切れていた。

*

(うちの母も生け花を教えてるよ)

とぼくが言うと、映子がつづけて言った。

(のえ、っていうのよ)

(何が)

(大家さんの名前)

(へえ……)

(変ってるでしょ)

(うちの母も生け花を教えてるよ)

(ねえ……)
(なんだい)
(近ごろなんだか変だわ)
(どうして)
(それで、それでって何でも訊いてくれたのに)
(好奇心に欠ける?)
(うちの母も、なんておかしいわ)
(きみのことは訊くことがなくなったんだよ)
(嘘よ。まだ話してないことがたくさんあるもの)
(大家さんの職業は……)
(名前は?)
(高山のえ)
(どんな字って訊かなかったわ)
(どんな字?)
(平仮名で、のえ)
(そう)
(どんな人か訊かないの?)

（もうやめよう）

（こないだも寺井くんが言ってたけど……）

（出よう）

（どこへ？）

（ホテル）

（いやよ）

（抱きたいんだ）

（………）

（行こう）

（寺井くん、まだ待ってるかしら）

（あいつのことが気になるなら、どうしてここへ来たんだ？）

（……ごめんなさい）

（こないだはぼくをすっぽかしたから、今日は寺井の番かい）

（どうしてそんな言い方するの）

（さあね）

（あなたがいま自分で言ったことよ）

（わからないよ。言葉になんか責任もてない）

映子がしばらく考えこんでから頼んだ。
(なにか本当のことを喋って)
ぼくは一秒も考えずにこたえた。
(きみを抱きたい)

8

「ハイライトを」

「百七十円」

「この辺に生け花教室をやってる家がありませんか」

「はい、ハイライト。三十円お釣り」

「知りませんか」

「なんて言ったの？」

「生け花教室です」

「ああ、生け花ね。あるよ」

「どこです。すいません、ライターも一つください」

「百円。こうやまさんとこだね」

「こうやま？　下の名前は？」

「のえ」

「のえ……。それだ」

「どれ？」

「いや、その家です。まちがいない。どこですか」

「あんたタバコもライターも持ってるじゃないの」

「ああ、失礼、ポケットに幾つも入ってるもんで、古いのが。こっちを喫《す》います、こっちのライターで」

「どっちでもいいけどね」

「そこは十年前も生け花教室をやってたんでしょう？」

「やってたよ。うちの娘も習ってた」

「……よかった。教えてください」

「え？」

「どこをどう行けばいいのか教えてください」

＊

細いどぶ川が曲りくねっている。どぶ川のこちら側には木造の二階家が身を寄せ合うように立ち並び、見上げると、煤《すす》けた色の壁板や物干しの洗濯物の列《つら》なりが眼に入る。セメントで固められた歩道四歩分ほどの短い橋を、むこう岸へ渡る。ゆるい勾配のある狭い道が川に沿って曲りくねっている。道の途中には右手に幾つもの上り坂の別れ道があって、ある坂は石畳の急勾配であり、ある坂はゆるい石段であり、ある坂は歯車を切り取ったようなけわしい石段である。それらの道をぼくは几帳面に上り下りし、斜面に立つ家々の表札を確かめ、子供に笑いかけられ、犬に吠えられ、息をはずませながら、四つめの別れ道をたどった。石段を十七数えると、坂の両側に路面が口を開く。最近の運動不足を嘆きながら、左へ方向をとりかけたとたんにまた犬の鳴き声がしたので、ぼくはまず右へ足を向けた。

湿った土の匂いがする。鶏の鳴くせわしない声が聞こえる。路地のいちばん手前の家でぼくは立ち止った。玄関には網戸の扉が付いている。表札を確認した。まちがいない。三日分の吐息をつき、網戸を引き開けて、硝子《ガラス》戸をノック、というよりは叩いてガタガタいわせた。その音で、中の反応が聞こえにくい。ぼくは思い切って硝子戸を開いた。しかし、戸は三センチほど横へ辷《すべ》っただけで、それ以上うごかなかった。たてつけの悪い戸はぼくにこの家の住人の頑固さを連想させ、先ゆきを思いやらせた。

「コツがあるんですよ」

とそのとき中から声があった。

「戸の下の方に手をあてて、前と後にうごかしながら横へ押してごらんなさい」

ぼくは戸の下の方に手をあてて、前後に小刻みに動かしながら、横へ押した。戸がいやいやながら開き、ぼくの眼に、この家の住人の顔がうつった。あがり框《かまち》の向うの障子が七分目ほど開き、六十年配の女が両膝をついてこちらを見ている。ぼくは敷居を跨《また》ぎ、最初に言うべき言葉をあらためて口にした。

「ごめんください」

相手もあらためて訊ねた。

「どちらさまでしょうか」

ぼくは名のった。ペンネームではなく本名を名のった。相手の表情に、十年前の記憶がよみがえるのを期待して見守ったけれど、めだった変化はなかった。

「高山のえさんのおたくですね」

「はい」

「御本人ですか」

「そうです」

「お花の教室をなさってる」

「ええ……」

と相手は小首をかしげて、

「あなたが、お花を？」

「いいえ」

とすぐにぼくは否定し、片手を上げかけたのだが、むこうはそれが聞こえなかったように、

「もしそれでしたら、あたくしが……」

いい先生を紹介するという。なぜなら、自分はこのとおり——とカーディガンの前を開いて服の上から腰をしめているコルセットを見せた——からだの具合がおもわしくなくて、もうずいぶん以前から生け花の方は（もちろん自分ひとりではしばしば生けるけれども）生徒さんをお断りして、知り合いの教室の方へまわってもらっている。むかしはこの家でも近くの公民館でも教えていたし、病院や会社のクラブへ出張教授もしていたけれど（寄る年波には勝てないというのは本当ですね）いまはからだが思うようにうごいてくれません。それは、まだまだそんな年ではないといって元気づけてくださる方もいらっしゃるけれど、自分のからだのことは自分がいちばんわかっているから（無理をしないというのがあたくしの若いときからの方針ですから。それでいろいろと損なこともございましたが）お言葉だけをありがたくうけることにして、あたくしは引っこんでいるのです。年寄りは若い人に道をゆずらなければね、それが年寄りの最後のおつとめだと思ってね。みどころのある若い先生方もおおぜいいらっしゃるから、あたくしなどがいまさらでしゃばる時代ではありませんものね。ですからあなたもどなたの御紹介かわかりませんけれど、申しわけありませんがあたくしのと

ころではごかんべんねがいますよ。ああ、もちろんいまあたくしから紹介状を書かせていただきますけど、ああそれから御礼をいわなければなりませんからどなたの御紹介かやっぱりお聞きしておかないとね、忘れないうちに、でもそのまえにちょっとお待ちになって。

「ちょっと待ってください」

と、ぼくはようやく話やめた老人に声をかけることができた。むかしの人間はとかく挨拶を大事にしたがるくせに、自己紹介をないがしろにする。

「さつきちょっと言いかけたんですが、お花のことではないんです。訊ねたいことがあって今日はうかがいました」

「たずねたいこと？」

「はい」

「あたくしに？」

「はい」

相手は浮しかけていたコルセットの腰をおろして、また正面に向きなおった。

「どういう御用件でしょうか、ちょっとわかりかねますが」

「加島映子さんのことです」

「かしま、えいこ……」

つぶやきながら、女は遠い眼をして記憶をたどりはじめた。しかし、ぼくの倍以上生きている女は、十年前の出来事にたどりつくことができずに、首をかしげてもういちど同じ名前をつぶやいた。

「かしまえいこ」

「十年くらいまえに下宿をなさってたでしょう」

「……」

「十年まえに短大生の女の子が一人、この家に住んでたはずです」

「……ああ」

と声を洩らした女の遠いうつろな眼に、このときたしかに何かがよみがえった。女は思い出した。年老いた女の眼はやっと十年前に焦点を合せた。

*

車は国道を抜けて、道は暗く細くなった。

映子は膝のうえで手をそろえたまま、眠ったようにうごかない。

ヘッドライトのとどかない道の先の方に、淡い小さな灯がともった。ぼくの右眼がそれをとらえ、車は不意に速度を落し、映子が身じろぎする気配があって、車は停止した。

ぼくは車を降り、自動販売機でコカコーラを買って、また運転席に戻った。ぼくの右眼にうつるフロントグラスのむこうには、ヘッドライトが照らす石ころ道と、両側におおいしげる樹木の影と、そして暗闇が遠くへつづいている。この道を山沿いに伝って行けば、三十分ほどで目的地に着くはずだった。夏場は海水浴でにぎわう浜辺は、いまは暗く人気《ひとけ》もなく、冷たい風が、砂をあらう波だけがあるだろう。

(きっと星が見えるわ)

と映子がつぶやいた。街の灯りから遠ざかるにつれて、星は輝きをます。

(夏に行ったときも、降るようにきれいな星が見えたわ)

しかしぼくのなかの天体に関する好奇心は、これっぽっちも刺激されなかった。ぼくは女を黙らせるために言った。

(寺井と一緒に見たんだね)

(………)

(どうする。このままぼくと来るかい。それとも、寺井と二人で生きる?)

(……あなたの子供よ)

(わかってるよ。でもぼくは自分を殺すつもりなんだ。だからきみが引き返せば自殺になる。ついてくれば親子心中)

(冗談なの?)

(本気だよ)

(あたしたち、子供の親としての責任はないのかしら)

(ぼくは責任なんて感じない。なにも感じないいんだよ。きみは本当に責任を感じてる?)

薄闇のなかで、しばらく間をおいて、女は打ちあけた。

(……感じてない。自分で自分がなさけなくなるわ)

(よせよ、責任なんて。いくら本で読んだ言葉を喋ったっておなじだよ。きみは死ぬのか、生きたいのか)

(………)

(どっちなんだ)

女はふたたび泣きはじめた。ぼくは待った。急ぐことはない。この季節に、この時刻に、浜へ向う車はこれ一台きりだろう。女はさっきもいちど泣いたのである。あたしはどうしていいのかわからない。あなたのことも、寺井君のことも、あたしじしんのことも。それからあたしのおなかにいるあなたの子供のことも。ぼくはさっきと同じように泣きやむのを待った。女をなぐさめたりせず、女に説き聞かせたりせず、女を憐れむことも忘れて、ただひたすら隣りにすわり、口を閉ざし、待った。やがて、泣きやんだ女が訊ねた。

(どうして?)

(………)

(ねえ、どうしてなの?)

（わからないってさっきも言ったぜ）ぼくは吐き棄てた。（どうして生きるのかきみにはわかってるのか）

（………）

（どっちを選ぶんだ。降りて歩きたいのか？）

（ううん）女がかぶりをふった。（行くわ。あなたと行くわ）

（じゃあそれを出してくれ）

ぼくはコカコーラの缶を開け、女が薬を一粒一粒、膝のうえに落しはじめた。

（これ、ぜんぶ飲むの？）

（ふたりでぜんぶだよ。明日のぶんに残しといたってしようがないだろ）

ぼくは女の膝のうえから一粒とって口に入れた。コーラを口にふくみ、流しこんだ。喉に感じる堅く苦い抵抗といっしょに飲みくだした。二粒めも飲んだ。女はぼくのすることを一部始終、見守ってから、自分の分をつまんだ。口に押しこむと、歯で嚙みくだきはじめる。

ぼくはほんの少し驚いて訊ねた。

（どんな味がする？）

（にがい）と女がこたえた。

ぼくはうなずいた。（だいじょうぶ。じきに効いてくる）

腰にコルセットをつけた女は、十分ちかく奥へ引っ込み、一枚の葉書を手にまたあがり框《かまち》の手前まで戻ってきて畳に膝をついた。その間にぼくは、鶏のせわしない鳴き声を聞きながら煙草を一本ふかし、喫いおわると、風をさえぎるためにたてつけの悪い戸を閉めて、あがり框に腰をおろした。

高山のえは、毎年毎年届く手紙を一年分ずつまとめて束にしてあるのだと説明した。年とともに届く手紙の数は減り、年とともにその束は小さくなり、この一、二年は片手で持てるくらいになったとも言い添えた。それは、片手で持ちきれないほど手紙が届いた年の束のなかから、一枚の葉書を見つけなければならぬわずらわしさへの愚痴《ぐち》なのか、それとも単に、一年一年手紙の数とは逆に増していくさびしさの繰り言《くりごと》なのか、ぼくにはわからない。あがり框に腰かけてぼくが考えていたことは、一人暮しの老人のゆるい時の移り変りではなく、いっきに十年の月日をさかのぼって、ちょうどいまと同じ季節のひとつの夜にとどまって動かない女の顔だった。ぼくは立ちあがって、葉書を受けとった。

＊

高山のえが昭和四十九年の手紙のなかから捜し出した葉書は、ただ左下の隅に折れ曲った跡があるだけで、黄色く変色することもなく、差出人の名前のブルーのインクも色あせることなく保存されていた。何も聞かずに黙って差し出されれば、今年届いた暑中見舞いと思ったかもしれない。しかし少しにじんだ消印が、葉書の投函された年月日（49.7.28）をはっきり告げている。

それにこの葉書は、消印の下の図柄を見ると十円で売られたものである。

「住所は平戸《ひらど》になってますね」

「加島さんのご実家です」

と、たぶん手紙捜しの際にかけたまま忘れているのだろう、老眼鏡ごと女はうなずいた。

「大学の夏休みで家へ戻ったときにこれを書いたわけだ」

「ええ。……あのことがあったのはその年の冬で……」

正確に言えば秋の終りである。そしてそれっきり、加島映子は高山のえ宛に便りをよこすことはなかったはずだ。あくる年の年賀状も、暑中見舞いも。ぼくは裏返して文面をながめた。折り目ただしい短大生が下宿の大家にあてた、ごく平凡な挨拶状にすぎなかった。もう二、三日で下宿へ戻る予定だということが書き添えてある。加島映子が喫茶店のアルバイトを一週間ほど休んで帰郷したのは、寺井と一緒に海へ行く前だったろうか後だったろうか。彼女が初めてぼくと出会ったのは、ちょうど長い梅雨が終ったころだったけれど。ぼくは葉書を表にもどした。

「いまも彼女はこの住所に？」

「さあ」

「でもここを訊ねればご両親に話を聞けますね」

「いいえ」と高山のえは否定した。「たしか加島さんの親御さんは両方ともはやくに亡《な》くなっているはずです」

「………」

「ご存知じゃなかった？」

「知りません」

「加島さんとはどういうお知り合いとおっしゃったかしら」

ぼくは相手が老眼鏡をかける前にいちど説明した文句を短くくり返した。

「友人です……お世話になった」

「あのことはご存知ね」

「知ってます」

「とっても素直ないいお嬢さんでした」

「………」

「あんなことになるなんていまでもあたくし信じられません」

急に息がつまるような胸苦しさを感じた。深い吐息が、ひとつ、ふたつ、ぼくの口から洩れる。高山のえは揃えた指先で額に触れようとして眼鏡に気づいた。ぼくは言わなくてもわかりきっていることを言った。

「あのあと、すぐに、彼女はここを出たんですね」

老眼鏡をはずして折りたたみながら女が答えた。

「可哀相だけどそうしていただくよりなかったでしょうね。近所の眼もあります。学校のほうもだめになって、本人もつらかったでしょうが、あのときはあたくしも……」

「それで実家へ帰ったんですね」

「加島さんのおばさまという方が一人みえましてね、後始末……なにからなにまできちんと手配していただきました」

「彼女はそのおばさんと一緒に平戸へ？」

「たぶん。戻りづらかったでしょうけど」

「それ以来、連絡はありませんか」

「ありません、ここへはなにも。加島さんのことでいらしたのはあなたが初めてですよ」

ぼくはジャンパーのポケットから用意しておいたメモ用紙とボールペンを取り出して、住所を書きとめた。葉書を手渡すと、相手はそれをしばらく両手で触ってから言った。

「会いに行っておあげなさい」

ぼくは葉書に眼を落している相手の頭を眺めながら答えなかった。老人の髪は後へひっつめて結《ゆ》ってあった。量の少ない、いろのうすい髪の毛の根もとは白い。

「会って、あたくしからもよろしくと伝えて下さい」

しかし、ぼくはまだ取るべき態度を決めきれずにいた。

「……はい？」

「おばさまからも言いつかっていました」

「……？」

高山のえは視線を上げ、ぼくを視《み》つめ、ぼくがうつむくまで待ってから言った。

「ねえ。年寄りといってもばかになりませんよ。おばさまから、誰か訊ねてくる人があったら、教えるようにことづかっていました」

「……あのときにですか」

「そう。十年前です」相手は自分の記憶を誇るように言った。「冬でした」

ぼくは十年後の訪問者を予言した加島映子のおばのことを思った。予言の到来を十年間待ちつづけた高山のえのことを思った。ぼくが長いあいだ捨てようと努めてきた記憶は、見知らぬ二人の女の頭のなかに生きつづけていたわけだ。

「誰か、というのはあなたでしたね」

「彼女の身内はそのおばさんという人だけですか」

「……さあ」

「きょうだいは」

「なかったようですね。お聞きになってないの?」

「聞いてません」

本当にぼくはなにも思い出せなかった。加島映子の家のことも、両親のことも、兄や姉や、弟や妹のことも、どこで生れ、どんな境遇に育ったのかも。十年前の夜、ぼくにとって意味のなかった事がらが、いまのぼくを少しずつ苦しめる。

「身内に縁のない子でしたね」

「……」

「事情を知ってると、不思議なくらい素直ないい子だったけど、でも、……可哀相に、運もなかったんでしょう」

ぼくは意味もなく咳《せき》をした。左眼でウインクをしてみたが異状はなかった。はやくに両親をなくし、おば夫婦に養育され、二人の男と出会い、一人の男の子供をはらみ、そして男と一緒に死のうとした女。ぼくは頭のなかで、十年前までの加島映子の人生を要約してみた。簡単だった。部屋の奥で電話が鳴り出した。

「もう帰ります。いろいろとご親切に」

高山のえが勧めた。「その住所へ出かけてごらんなさい」

「そうします」

「十年なんて、あなたがたには長いかもしれないけど、あたくしに言わせればあっという間ですよ」

「そうだといいんですが」

「いつかそうなります」

高山のえは背を向けて、部屋の奥へ消えた。ぼくはたてつけの悪い戸に三たび挑戦し、一度目よりも二度目よりもかなりうまく動かすことができた。外へ出て、ほてった頬に風をうけ、鶏のせわしない声を聞き、最後の三センチを閉めながら、「コツがあるんですよ」という高山のえの言葉を思い出した。

*

(眠くなってきたかい)

とぼくは片目で運転をつづけながら訊《き》いた。答えはない。ぼくは見えるほうの眼で女を見るために首をまわし、女はそれにやっと気づいて、けだるそうなかぶりを振った。

(まだ二十分ぐらいだからね)

とぼくは言った。

(そのうち効いてくるよ。ぼくはすこし眠い)

(冷たくないかしら)と映子がつぶやいた。

（なにが）

（海）

（そりゃ、冷たいだろうけど。でも、どうして）

（だって、海にとびこむんでしょう？）

（………）

（車ごと？）

ぼくは映子の心細げな口調とは裏腹に大胆な言葉づかいに驚いて、黙りこんだ。正直なところ、ぼくは車ごと海にとびこんで自殺することなど考えてもいなかった。ただ人気《ひとけ》のない場所で、落ち着いて（という表現は妙だけれど）死ぬために、夜の海を選んだだけの話だ。睡眠薬を飲んで二度と目覚めることのない眠りにつき、そのまま静かな死をむかえようと考えていたのだ。

しかし映子の質問でぼくはふいに自分の手落ちを突かれたような気がして、不安になった。あれっぽっちの睡眠薬を飲んだだけで二度と目覚めることのない眠りにつけるのだろうか。たとえ眠りについたとしても、ただ眠るだけで、死にたどりつけるだろうか。そんな安易な心構えでぼくたちは死ぬことができるだろうか。

（そうだね）とぼくはしばらく考えてつぶやいた。（車ごと、とびこむしかない）

冬の間近い海は冷たいかもしれないけれど、眠っていれば冷たさもなにも感じないだろう。

ただ眠るだけで死をむかえたいという心構えは安易かもしれないけれど、しかしこれから死のうというときに安易もなにもない。ぼくはあくびを一つしながら、自分に言い聞かせるように言った。

(だいじょうぶ。なにも感じないで死ねる)

車は右手に雑草のしげる道を走っていた。雑草の向うには小川が流れているはずである。ぼくはあくびを噛み殺しながら、速度をゆるめた。信号灯が先のほうに見える。このあたりは小川に沿うように国鉄の線路が続いている。踏切の手前で右へウインカーを点《つ》けた。ブレーキを踏む。幅三メートルほどのコンクリートの渡しに注意深く前輪を載せた。コンクリートの傾斜を上り、踏切に入るためにアクセルを踏んだ。そのとたん、車は急激に右側にかしいだ。

横で映子が短い悲鳴をあげ、ぼくは我慢できぬあくびをしながら、あわててアクセルを踏み込んだ。車体は小刻みに震え、震えつづけ、しかし前には進まず、わずかに右に傾いたまま動こうとしない。車の前輪は線路のレールを一本だけ跨《また》いでいる。ぼくはあきらめて、座席に背中をあずけた。

(後輪がひとつはずれたみたいだ)

(はずれちゃったの?)

(いや、はずれたんじゃなくて)とぼくはまたあくびをして言いなおした。(つまり、ハン

ドルをはやく切りすぎて、右の後輪が橋にのれなかった)

それから、急に喋るのが面倒になって、口をつぐみ、眼をつむった。

(どうするの?)と女が訊いた。

(………)

(どうしたの?)と女が訊いた。

(眠いんだよ)

ぼくはかろうじて両のまぶたを押しあげた。左眼の暗闇が右のほうまで、少しずつにじんでいくような気がする。喉の奥で何度も生あくびがこみあげ、何度も嚙み殺し、舌で唇を舐めた。ほとんど吐息に似た声でぼくは言った。

(いい気持ちなんだ。このまま眠りたい)

(だめよ。こんなとこで眠っちゃ)女の声が囁《ささや》くように言った。(風邪ひいちゃうわよ)

(冗談いうなよ)

(飲みすぎたんだわ)

(なにを)

(睡眠薬よ。飲みすぎたのよ)

ぼくは言葉を返そうとしたが、おっくうだった。腹の底から笑おうとしたが、洩れたのは鼻息だけだった。

（だいじょうぶ？）と囁き声が訊ねた。

（だって）とぼくはようやく口を開いた。（きみも同じ量を飲んだんだぜ。ぼくたちはこれから一緒に死ぬんだぜ）

（こんなところじゃいやだわ）

（しようがないよ。もう、ぼくはうごけない）

　そのとき突然、どこか遠くで鐘を打ち鳴らす音がぼくの耳にとどいた。

（見て）と女が囁いた。

（星が見えるのかい）ぼくは左眼をつむってフロントグラスの外を見渡した。（ああ、赤い星だ。ウインクしてる。あの音は何だろう）

（遮断機が降りるわ）

（しゃだんき……？）

　目の前へ、細く長い棒が二本、ゆっくり降りてくる。かすかに意識の残る頭の隅で、ぼくはそれが遮断機なのだと理解した。赤い星のウインクは非常信号灯の点滅なのだ。遠くで鐘を打ち鳴らす音はきっと列車の接近を告げているのだろう。目の前へ、細く長い棒が二本、ゆっくり降りてきた。一本は車のボンネットに鈍い音をたてて当り、一本はまっすぐに夜の闇をさえぎる。もうこの先へは行けない。ぼくはもういちど大笑いしようとして弱い鼻息を洩らした。いつだって思い通りにはいかないものだ。死ぬときだって自分が死にたいようには死ねないんだ。これでいい。車ごと冷たい海にダイビングしなくても、貨物列車が車ごと深い眠りのなかへ、二度と目覚めることのない眠りのなかへ運んでくれる。あともう少し。おやすみ。あともう少しでぼくはなにも感じなくなる。これでいい。これで死ねる。

（眠いよ）とぼくは最後につぶやいた。（ここでふたりで眠ろう）

しかし彼女の最後の囁き声は聞こえなかった。ぼくはいちどだけ左眼のウインクをして眼を閉じた。赤い星はなんべんウインクをしても疲れを知らない。けれどもぼくはもう疲れた。眠ります。おやすみ。二度と目覚めない眠りを眠ります。おやすみ、そして、さよなら。鐘を打ち鳴らす音は止まず、耳元で遠い音を聞きつづけながら、ぼくは眠った。鐘を打ち鳴らす音はなおも止まず、そのとき耳もとでつづけざまに遠いブザーの鳴る音がまじってこれが合図だなんの合図だろうぼくはより深い眠りのなかへはいっていったけっして目覚めることのない眠りのなかへブザーはまだ聞こえるけれどおやすみ、おやすみそしてさよなら。

9

電話の鳴り響く音で目覚めた。

両方の眼をこすりながらベッドを降り、机の上の電話まで、一度よろめき、左足で右足の甲を踏んづけて、歩き、受話器を取って耳にあてた。

「おはようございます」

とぼくは顔をしかめ、右足を持ち上げてさすりながら言った。

「ゆうべは夜遊びはしてませんから。念のため」

「……あたし」と相手が言った。

「だれ?」

「あたし」

ぼくは机の上の腕時計を取って眉をよせた。午前、十時、にほんの少し前。足の代りに寝呆《ぼ》けた頭が痛くなりそうな時刻だ。

「たのむよ。いま何時だと思ってるんだ」

「……十時一分くらい？」と由紀子が言った。

「きみの時計は二分進んでるよ」

「ごめんなさい。十時までは待とうと思ったんだけど」

「どうして十二時まで待てないんだ？　午前中に起されると機嫌が悪いことくらい知ってるだろ」

「十二時に人と会うの」

「そう。わかったよ。待ち合せの場所を忘れたんだね。それでぼくに訊《き》けばわかると思って電話でたたき起したわけだ」

「ちがう……、皮肉はやめて」

由紀子の最近の決り文句を聞いて、ぼくの頭の中の歯車はようやくきしみながらも回転しだした。ぼくと同じように夜の遅い女が、こんな時間に起きていて、電話をかけてくるのにはそれなりの事情もあるのだろう。

「十二時に誰と会うんだい」

「こないだ話したでしょ？」

「初恋の男？」

「……」

と女は答えずに沈黙したけれど、それは久しぶりに満足の気配がただよう沈黙だった。ぼくは言った。

「こないだは、もう二度とぼくに連絡しないとも話してたみたいだったけど」

「……」

と女はこれにも答えずに沈黙したけれど、それは最近よく経験する、あとで彼女の下唇に歯形の残りそうな沈黙だった。由紀子は言った。

「でも、あなたの部屋の合鍵をまだ持ってるわ」

ぼくは急に素直な気持ちになってこたえた。

「うん、わかってる。もうすこし待っててくれよ。いまやってることの片がついたら、きみとゆっくり話をするつもりでいるから」

「見つかったの？」

「いや、まだだ。もうすこしかかりそうなんだ」

「ねえ……」と言いかけて由紀子はしばらく間をおいた。「あたし待てないわ」

「今日はだめだよ」とぼくは言って間をおかずにつづけた。「これから平戸へ行くつもりなんだ。むこうで一泊するかもしれない」

「十二時に会う約束なのよ」

「しかたないよ。会っておひるをごちそうになればいい」

「結婚を申しこまれるわ」

「男は昼間からそんなことしないよ」

「あなたとはちがうのよ。男はみんなあなたみたいじゃないのよ」

その通りかもしれない。ぼくは近ごろ由紀子の台詞《せりふ》に妙に納得させられることが多い。ぼくと由紀子の関係は、ぼくだけが気づかないうちにゆっくり変りつつあるのかもしれない。しかしぼくは自分の思う通りにしたかった。ほんの一カ月前までのように、由紀子がぼくの思い通りになると考えたかった。いまはそっちに賭けてみるしかない。

「いいかい」とぼくはいま受話器を耳にあてている二人の人間に向って言った。「ぼくはいまやることがある。今日はそれをやる。それが終るまでそれをやる。きみもそうしてくれないか。それからきみとぼくの、ぼくたちふたりのことを考える」

言い終らぬうちに由紀子が叫んだ。

「もういや」

「そうするしかないんだ」

「いま近くの公衆電話からかけてるの。あたし十一時半まで家にいるわ。あなたを待ってる」

「今日は行けない」

「最後よ。これが本当に最後よ」

しかしぼくは女が口にする最初や最後は信じないという態度をつらぬいた。女はみんな由紀子みたいじゃないかもしれないのに。ぼくは言った。

「きみはぼくの部屋の合鍵を持ってるよ」

「持ってるわ」

と言って由紀子は電話を切った。

ぼくの今日の予定は、電話がかかって目覚めたときから決っていて、電話が切れたあとでもいささかの変更も認めなかった。ぼくは女の言葉ではなく合鍵を信頼していた。たかが合金の鋳型にそれほど信頼をおく男は、やはり少しみんなとちがうのかもしれない。

＊

由紀子の電話でたたき起されてから約五時間後、ぼくは平戸の桟橋にいた。

ご存知ない方のために言っておくと、平戸というのは島の名前である。十年前までは、連絡船を使うか、死にものぐるいで泳ぐしか、平戸へ渡る手だてはなかった。いまは違う。いまはぼくの街のターミナルでバスに乗れば、そのまま平戸まで運んでくれる。バスは三時間ほど退屈に県道を走り、三十秒で橋を越える。つまり十年間で、三十分の連絡船運賃が三十秒の連絡橋利用代に進歩をとげたわけだ。終点はしかし、いまも桟橋である。着いてから案内板を見て知ったことだが、ぼくの街の桟橋から一時間で平戸桟橋に着く高速艇も運航している。平戸の町はいまも桟橋を中心に活動している。ぼくの眼にはそう映った。

桟橋にいるわけだから、当然、潮のかおりがする。魚のにおいもする。ときおり汽笛も聞こえる。しかしこれは桟橋にいなくても同じである。どこにいても潮のかおりはただよい、魚や海草や干した魚のにおいは追いかけ、風は汽笛をはこぶ。平戸は狭い——少なくともぼくの用がある平戸は狭い町である。葉書にあった住所は、教会や城やオランダ坂やカトリックの墓地からはやや離れた、そして桟橋からは眼と鼻の先の場所だった。

桟橋の前に立ち並ぶ土産物屋の間の路地を抜け、一つ向う側の通りに出る。通りは商店街である。海産物屋と洋品店と硝子《ガラス》細工の店でめざす住所をたずね、首をかしげられたり、ぶっきらぼうに応対されたりした。狭い町の人間は親切で、丁寧に道案内につきあってくれると考えるのはもちろん間違いで、どんな町の人間だって、忙しかったり虫の居どころが悪いときにはぶっきらぼうになる。最後に煙草屋で訊ねてやっと目的の家は判った。どんな町でも、近所中の地図を頭に入れなければ煙草屋は開業できない。

煙草屋の隣りが文房具屋で、その隣りが電器屋で、その隣りがパチンコ屋である。パチンコ屋の角を右へ入る。脇に溝が流れている狭い湿った道である。突き当りまで十メートル歩くと、目印の井戸がある。そこをもういちど右へ曲って三軒目の表札には加島、とあるはずである。しかし、ぼくは煙草屋の親父に教えられたその道順をたどらなかった。パチンコ屋の角を曲らずに、まっすぐ歩きつづけた。眼をあけて歩きつづければ、通りの反対側にサフランという喫茶店が見えてくる。と、煙草屋の親父は言ったのである。家が留守なら、加島さんとこの娘さんがその店を手伝っている、とも言った。

サフランという喫茶店はたしかにあった。そしてぼくは店の扉を押して十秒後には後悔していた。

店はカウンターだけの狭いつくりである。中には若い女が一人だけいて、週刊誌を読んでいた。客は誰もいない。ぼくが椅子に腰かけ、若い女が週刊誌から顔をあげて、いらっしゃいませ……と口ではなく眼でいうまでに十秒。その顔はお互いに見覚えがなかった。加島さんとこの娘さんはやはり映子ではなかった。

しかしぼくはそのまま腰をあげずにコーヒーを注文した。三時間バスに揺られ、それからすぐに歩きつづけた疲れをここでいやしたかったからだし、喉がかわいていたからだし、空腹でもあったからである。空腹なのにコーヒーしか注文しなかったのは、週刊誌に添えられた女の指の爪がどぎつい赤に塗られていて、サンドイッチづくりにはむかないと判断したからである。

女の顔も、爪の塗り方と大差なく塗られていた。ぼくにはよく判らないけれど、たぶん化粧の仕方を間違えているのだろう。それとも女性週刊誌がまちがった仕方を教えているかである。ぼくは女がコーヒーをいれている間に、カウンターの上の週刊誌を逆さまに眺めてみた。化粧した女優の顔写真が二頁にわたってあった。ぼくはもういちど女の横顔を検討し、女優の二つの顔に比べてみた。女性週刊誌にそれほど罪はないことが判った。コーヒーができあがった。

「砂糖とミルクは？」

「ミルクだけ。この店、ひとりでやってるの？」

「ううん。マスターがいるけど」

「ああ、ありがとう。自分で入れたのに」

「暇になるとすぐパチンコに行っちゃうの」

「へえ……」

「どこの人？」

ぼくは町の名前を言って、ミルク入りコーヒーを一口飲んだ。それから喉のかわきをいやすためにグラスの水を半分ほど飲んだ。

「おいしい？」

「うん、これ井戸水かな」

「コーヒーのこと」

「……なに読んでる？」

「女性自身」

「おもしろい？」

「写真みてるだけだもん」

「小説も載ってるだろう」

「漢字にがてだから」

「いくつ？」

「十九」

「ぼくは来年で三十になる」

「正直ねえ。あたし十六と九カ月」

「学校は？」

「来なくていいって」

「だれが」

「校長センセ」

「ぼくも中退したんだ」

「高校？」

「いや……」

「大学。わっ、知識人」

「見える?」

「見えない」

「……ボーイフレンドいる?」

「どうしたの?」

「いや、ちょっと眼がかゆいんだ。いる?」

「いないの。見える?」

「見えない。電話番号は?」

「ハハハ、なにそれ」

「加島映子って人知ってるかな」

「……………?」

爪と同じいろの唇が結ばれ、青くふちどられた眼が細まり、黒く描かれた眉が寄った。濃い化粧をした若い女の顔はただ陽気さでささえられている。陽気さをささえている言葉を失うと急にみすぼらしくさえ見えた。ぼくはなんだか悪いことをしたような気になった。

「……だれ?」

「加島映子」

「映子ねえちゃん?」

「うん。捜してるんだ」

「お客さんは……？」

「友だち」とぼくは言った。そして言い直した。「友だちだった。十年まえ」

この説明はもちろん正確さにも正直さにも欠けている。しかし、十六歳九カ月の、これから化粧法を学ばなければならない女は、すでに他のいろんなことを学んでいた。当時六歳九カ月だった少女は、十年の間にあのことについて少しずつ誰かから聞きだしたのかもしれず、それとも自分じしんの頭で解釈をすませたのかもしれない。どちらにしても、彼女は化粧法よりも大切なことを知っていた。ぼくはへたに隠すべきではなかった。左眼のまぶたを掻《か》きながら言った。

「会って話がしたいんだ」

「………」

「どこにいるか知ってたら教えてくれないか」

女はまんなか辺で分けられてはいるが分け目のさだかでない髪を、片手でかきあげながらこたえた。

「教えられないわ。知らないから」

「知らない？」

「何の連絡もないもの」

「いつから」

と言いかけたが無駄だった。相手は言葉でさえぎる代りに、首をゆっくり横に振ってみせた。

「でも、おばさん――きみのお母さんにはなにか……」

女は短く鼻をすすって言った。「同じよ」

ぼくは吐息をついて言った。「十年」

「そっちは」

「連絡はないのかい？」

「うん」

「そんなはずないよ。彼女の十年前の下宿先に行ってみたんだ。そしたら、あのあと、彼女のおばさんという人がやってきて、ぜんぶ面倒をみてくれたって……」

「そんなはずないわ」とこんどは女が言葉で割って入った。「それは母じゃないわ」

「どうして」

「あたしの母は映子ねえちゃんを嫌ってたもの。いまでも嫌ってる」

「だって」と思わず言ったあとで、自分の声が大きすぎるのに気づいて低めた。「姪《めい》っ子だろ？」

「母のじゃないわ。映子ねえちゃんは父の亡くなったお姉さんの子供よ。それを父のわがままで――わがままっていうのは母が言うんだけど、あたしが生れるまえに養女にもらったの」

「……そうだったのか。じゃあ、きみのお父さんなら……」

その先を言わせないために、女はまた新しい手を使った。何度も何度もうなずいたのである。ぼくは心のなかで首をかしげ、実際はただ目の前で縦にうごく相手の顔を見守るだけで、説明を待った。女が静かに言った。

「八年まえまでなら何か知ってたかもしれないわね。あたしが八つのとき……」

ぼくはさっきからのお返しに最後まで言わせなかった。もちろんそのために、彼女が使った手を真似るような芸のないことはしない。ぼくは大きなためいきをしてみせた。

「そうだったのか」という言葉をぼくはもういちど選んだ。「気の毒なことを聞いたね」

「わかるの？」

「わかるよ。ぼくの父はぼくが高校生のときに死んだ」

「ちがうわよ、もう……」長くひきずるような息を洩《も》らしたあとで女は片手でカウンターを叩いた。「死んだんじゃないの」

「え？」

「家出したの。駆け落ち。高校の教師がもとの教え子を連れて逃げたって新聞でもずいぶん騒がれたのよ」

「きみのお父さんが……？」

「英語の教師だったの」

「……そう」

「そうなの。アンダスタン?」

「ごめんね」

「いいのよう。もうなんでもないんだから」

しかしふたりとも、この先を続けるにはワンクッション必要だった。彼女は「女性自身」を閉じて脇へ置き、ぼくは左眼をしばたたきながらミルクコーヒーをもう一口飲み、それからグラスの残り半分の水を飲みほし、彼女が水差しから新しく注ぎなおした。

「でもそうすると、誰なんだろう」

とぼくは考え考えきりだした。

「あのあと下宿に現われて、面倒を見てくれたおばさんて人は誰なんだろう」

彼女はそれほど考えずに答えた。

「あたしに訊いたってわかんないわ」

「お父さんの兄弟は?」

「亡くなったお姉さん一人だけ」

「お母さんのほうは」

「ひとりっ子。地主の一人娘で、父を婿養子にもらったの。まだ眼がかゆい?」

「うん、ちょっと……。わかるな」

「なにが」

「死んだ父も養子だった」

「でも子供を捨てて家出はしなかったでしょ？」

「……まあね。でも似たようなもんだ」

「そうかしら」

ぼくは話をもとにもどすために、いちど咳《せき》払いをした。

「すると、彼女にはおばさんはいないわけか。きみのお母さんは戸籍上の彼女の母親……」

「そう。あたしにもいないの」

とつぶやいた女の派手なアイシャドウの眼もとが、答えを要求しているようなのでぼくは答えた。

「二人いるよ、母方の叔母が。父方のほうはまったくつきあいがない」

「どんなふう？　おばさんって」

「一人はまともに口もきいたことがない。まあ、他人とおなじだな。でも一人は……」

と、そこで口ごもって、いちばん適当な表現を見つけるためにぼくは考えた。板チョコの大きさを、父の葬儀の日の憔悴《しょうすい》した横顔を、初めて飲まされたウイスキーの味を、あの事件のあとの面倒見のよさを、札幌に届いた手紙を、帰郷したぼくを迎えた笑顔を、アパートを借りてくれた気前の良さを、文学賞の祝いにくれたモンブランの万年筆を、あんたはいつも世の中の半分しか見ていないんだよという口癖を、ぼくはほとんど一瞬のうちに考えつくした。そしてかすかにひっかかった。……あのあとの面倒見のよさ？　ぼくはフローベル流の吟味《ぎんみ》をやめて、その場しのぎの表現を舌にのせた。

「かなり頼りになる」

(あのあとおばさまという方が一人でみえましてね、なにからなにまで……）ぼくの叔母があのあと加島映子の面倒を……？　加島映子の戸籍上の妹が言った。

「ふーん。お姉さんみたい？」

「そうだな」

でもそんなことがあり得る……あり得ただろうか。あのとき、あの朝、病室でぼくは目覚め、叔母はそばにいてくれて、（これまでのことは忘れなさい）と言った。（これからのことをゆっくり考えるんだよ）叔母が映子にもおなじことを言ったなんて考えられるだろうか。叔母がぼくにそのことを隠し、いまも隠しつづけているなんて……。

「ねえ、どうかした？」

「うん？」

「煙草すうのすわないの？」

ぼくは自分の左手の指にはさまった煙草に気がついた。

「ああ、喫《す》うよ。マッチあるかい」

「そっちの手にライター握ってるじゃないの」

ぼくは自分の右手に握られた百円ライターを発見した。ライターをポケットに戻し、よれよれになった煙草を灰皿に捨てて言った。

「やっぱりきみのお母さんに会ってみるよ。おばさんて人がどうしてもひっかかるんだ。その人以外に手がかりはない。きみのお母さんじゃなくても、誰か知ってる人かもしれないしね」

「無理よ」女は灰皿を持ちあげ、煙草をつまみとってから元の場所に戻した。ぼくは作り笑顔で言ってみた。

「無理って……お母さんもどっか行っちゃったのかい」

「博多」

「だれと」

「ひとりでよ。あたしの転校のことで相談に行ってるの。こっちじゃどこも引き受けてくれないから」

「……なるほど」

「高校くらいは卒業させてやりたいのが親の気持ちだって、卒業してやるのが親孝行だってマスターは言うの。あたしはどっちだっていいんだけど」

「帰りはいつになるの？」

「知らない」

「………」

「会ったって映子ねえちゃんのことはわからないわよ。わかるくらいならあたしが知ってるわ」

「そうだね」

「もういっぺんその下宿に行って、どんなおばさんだったか聞いてみればいいじゃない」

「うん……」

とぼくはつぶやいて、カウンターの上に両手をついた。左眼がかすんできたようだ。こすってみて、もとにもどらないことを確かめると、口から自然に言葉が出た。

「いいよ。もうあきらめるよ」

ぼくはポケットから千円札を引っぱり出して腰をあげた。

「帰るの？」

「次のバスの時間わかるかな」

「四時半」

お釣りを受けとって腕時計に眼をこらした。まだ二十分近くある。桟橋まで歩けばそう待たずに乗れるだろう。左眼が完全に視力を失うまでにアパートへ帰りつくことができるだろうか。ぼくは外を出る前に、加島映子のいとこに訊ねてみた。

「映子ねえちゃんに会いたいと思うかい」

「べつに。なつかしい気はするけど」

「それだけ？」

「会ったらよろしく言っといて。母は母、あたしはあたしだって」

「会えたらね」

「会えたらどうするつもり？」

「わからないんだ」

「きょうみたいに話せばいいわ」十六歳のいとこはちらりと舌を見せた。「あたしと話したみたいに」

「ありがとう。コーヒーおいしかったよ」

「あたしよくわかんないけど……大きなお世話？」

「いや。転校先がはやく決るといいね」

「ねえ、ちょっと待って」

ぼくは扉に手をかけたまま振り返った。しかし女はもういちど舌を出してみせると、

「ううん、いいわ。なんでもない」

とだけ言った。

「さよなら」
とぼくは左眼をつむりながら挨拶をした。扉を閉める前に、片手を上げてこたえる女の姿が眼に入った。

＊

通りに出ると眼の前の半分が白くかすんでいた。右眼を閉じてみた。やはり視界は白い幕でおおわれている。逆に左眼をつむり、進行方向を確認し、ゆっくり歩き出した。

一歩一歩、歩くにつれてぼくの気持ちは沈んでいった。ぼくは悔んでいた。過去に眼を向けたことを。映子捜しをはじめたことを。小説書きの仕事にうちこむべき時間を無駄についやしたことを。平戸行きのバスに乗り、煙草屋で訊ね、サフランという喫茶店の扉を押したことを。いまこの道を歩いていることを。

ぼくは左眼のまわりをひきつらせながら慎重に歩きつづけた。何か良くない出来事は、すぐそこに迫っているかもしれない。角をほとんど手さぐりで曲り、別の通りへ出て、桟橋のほうへ向った。

バスターミナルの建物に入ると壁の時刻表を振り仰ぎ、片手を左眼に添えて、四時半のバスを確かめた。切符売場へ行って、帰る街の名を告げる。おそらく何か不幸な出来事がぼくを迎えるであろう街の名を。千円札二枚で支払い、切符とお釣りの小銭を注意深くポケットにおさめた。

バスは混んでいた。後のほうに通路側の席を一つみつけてすわった。隣りは若い女だった。若い女だということだけ判ったけれど顔や胸もとを見ることは、ぼくはしなかった。彼女が不幸な出来事のきっかけにならないとも限らない。ぼくは眼を閉じて、座席に背中をあずけた。

「こちらの方ですか？」

と隣りの女の声が訊ねた。おそらく旅行者なのだろう。

「静かないい街ですね」

「………」

ぼくは眼をあけて横をうかがった。しかし女は左側にすわっているので、顔を視野に入れることはかなりむずかしい。ぼくは諦めて、また眼をつむった。女はそれ以上、話しかけてこない。ぼくは後悔していた。このバスのこの座席にすわっている自分を。ここにくるまでのすべての行動を。バスが走り出した。きっと何か不幸な出来事がぼくを迎えるであろう街へ。

10

その夜からぼくの左眼は失明した。

以後、三日間、ぼくは（いちどだけスーパーに買い物に出かけたのを除いて）アパートを一歩も外へ出なかった。

●

二日目の午後、妹の桃子から電話があって、祖母が眼の手術で入院したことを知らされた。母か医者か親戚《しんせき》の誰かが説得に成功したのかもしれず、それとも祖母が自分で決心したのかもしれぬが、どちらだとも妹は言わず、どちらかともぼくは訊ねなかった。妹は電話で兄の機嫌の悪さを察したのかただ事実だけを報告し、ぼくはただ事実だけを聞いた。

祖母が手術に同意したのは失明を避けるためだから、本人にとってはよいことだろう。まわりの人間にとっても、両眼の不自由な老人をかかえこむよりはましに違いない。そして、ぼくにとってはどうでもよいことである。祖母がもし失明したとしても、ぼくは視力を失った老人に同情するだけで、身内としての祖母に憐れみは感じない。手術が成功して視力が戻れば、ぼくは医学の力を信頼するだけで、祖母のために祝福はしないだろう。

●

三日間でかかってきた電話はそれ一本きりだった。由紀子からも寺井からも友人からも叔母からもなく、重信編集者からの催促もなく、他の雑誌からの原稿依頼もなく、銀行振込みの通知もなく、御注文の本が届きましたという書店からの電話も、暇だから来てよという行きつけのスナックからの電話も、ああまことちゃんマスター呼んでくれない？　というときどきかかるまちがい電話さえなかった。

●

ぼくからは誰にも一本も電話はかけない。何がどうころんでも災難はおこるのである。みずから好んで呼びこむこともないだろう。三日間、ぼくはじっと待ちつづけた。

●

三日目の夕方、左眼の視力がすこし回復したころになって、速達小包が届いた。中には、洗濯したチェック柄のワイシャツが一枚、横書きの手紙が一通、そしてぼくの部屋の合鍵が入っていた。ぼんやりかすむ左眼をときおりしばたたきながら、ぼくはその手紙を二度、読み返すことになった。

●

前略
この数週間、なんどもなんども同じことをもめましたが、それも今日でおしまいです。この手紙が最後です。はじめに言っておきますが、私はあなたみたいに作家になる才能もないので、上手に文章を書けません。わかってると思うけど、がまんして読んでみてください。

私は生れてからいままでに四回泣きました。二回まではあなたに会うまえ、あとの二回はあなたもよく知ってるわね？　くやしくて、くやしくて泣いたの。あなたと一緒にいるとなぜかくやしくなる回数が多いの。いつもは涙をこらえていたけど、二回だけは無理でした。

でもそれは最近のことで、はじめてお店で会ったころ、あなたはとてもやさしかった。いまは私のこと、きみって呼んでるけど、あのころはユキちゃんと呼んでたでしょう。おぼえてる？　夏ごろ夜店で風鈴を買ってきてくれて、あなたはいちども私の部屋にあがったことがないから知らないでしょうけど、あのガラスの風鈴はいまでも私の部屋にあるの。ドレッサーの横の壁にかけてあります。いつでしたか、私の親指のツメが内出血してたときに、あなたがどうしたのと心配してきいても、私はドアにはさんだなんて言い訳したけど、本当は、風鈴をかけるために、ビンの底でクギを打っていて失敗して指を打ってしまったあとだったのです。あのときは、はずかしくて言えなかったけど、いまはもう言います。部屋の中だから、風鈴はかかってるだけで、風では鳴らないけど、ときどきお化粧しながら手でゆらして鳴らしてみます。でも、もうはずすつもりなの。これから、あなたがやさしかったころを思い出してもしようがないから。だから来月の私の誕生日に蝶々の形のピアスを買ってくれる約束も（おぼえてたら）もう忘れてください。

それにあのひとにも悪いし……。あのひとというのは、こないだ言ったように初恋の人のことです。ちょっと説明すると、彼は高校を卒業して東京で働いていたのだけど、今年こっちに帰ってきて、カラオケの会社で働いています。二カ月くらいまえに、お店のカラオケが故障して、彼が偶然やってきたときには、それは驚きました。でも彼も私をおぼえていてくれて、そのつぎお店にお客さんとしてきてＶＳＯＰをキープしてくれて、それからおつきあいがはじまったの。

彼はあなたのことは何も知りません。話すべきだと思うけど、どう話していいのかわからないから。それは、私には、あなたがどんな人間なのかよくわからないからだと思う。はじめのころのやさしいあなたが本当なのか、最近の、いらいらして皮肉ばかり言うあなたが本当なのか、それも、ときどき急にむかしみたいにやさしくなったり、私にはよくわからない。私はいまでもあなたが好きだけど、どのあなたが好きなのかもはっきりしません。どのあなたに、私がいやがられてるかもわからないの。それを考えてると、頭がこんらんしてきて、とてもくやしくなって涙がでます。だって私、あなたみたいな男の人、はじめてだもの。だから、彼には何も説明できない。私とあなたの関係をどんなふうに説明……。

ごめんなさい。私いま自分がいやになっているの。

ごめんなさい。いままで書いたことは嘘です。本当は、私がいまおつきあいしている人は初恋の人ではありません。カラオケの会社につとめてるのも、お店のカラオケが故障したのも本当だけど、そのとき修理にきた人は初恋の人にちょっと似てたけど、他人のそら似だったの。おつきあいしてるといっても、ときどきお店以外でお酒を飲んだりお食事をしたりするくらいで、まだ結婚を申しこまれたことはありません。あのとき結婚すると言ったのは、そう言えばあなたと別れられると思ったからなの。他に好きな人がいると言えば、あなたは私をすっかりあきらめて忘れてくれると思ったの。むかしそういう経験があります。ほかに好きなひとがいて、そのひとのことを忘れられないと手紙に書いたら、そのときは相手はあきらめてくれたの。本当は、その相手があんまり好きじゃないから別れたかっただけで、他に好きな人なんかいなかったんだけど。でもそれは中学生のころの話です。

ばかみたいでしょう？　でも私はそんなことも考えるの。私はあなたみたいにたくさん本も読んでいないし、インテリじゃないけど、女だからときどきそんなふくざつなことも考えます。

しかしこんどの場合は……うまく説明できないけど、もっとふくざつで、だって私はあなたと別れたいという気持ちもあるけど、このままおつきあいをつづけたいという気持ちにもときどきなるからです。でも、あなたとこのままおつきあいしても、結婚はできっこないし、あなたは子供と年よりが嫌いだから（私は子供は好きで、年よりはその人によってちがいます）、いま別れた方がいいと決心をかためているの。はじめから結婚の話なんかしてないぜってあなたは言うでしょう。でもそれはいい。私がひとりで考えていただけだから。考えると楽しいから考えていただけ。

もう決心したから私は別れても、ひとりでもやっていけます。私は昔からひとりで頑張ってきたから、だいじょうぶです。ただお店は替ろうと思います。本当は、水商売をやめて、昼間の仕事にもどりたいけど、もう美容師の仕事も忘れてしまっているし、他に何も手に職はないし、それにひとりでやっていくにはお昼だけの給料ではむずかしいし。ただ、いまのお店にいると、またあなたに会うこともあると思うから、あなたの行かないような店に替ります。あなたもきっとその方がいいでしょう。

あなたじしんのことは何も心配しません。あなたはいつもひとりで生きている人だから。私と別れてもなにひとつ変らないと思う。もてるから、すぐにきれいな女の人とおつきあいするようになるでしょうけれど、でも結婚はしないにちがいない。あなたは気がつかなくても、私は、あなたと一緒にいるとき、部屋にはあなたしかいないような、私が空気みたいに見えないような気分を何度も味わわされました。こんどの人もきっと同じでしょう。でも気がついたら好きでたまらなくなってるの。会わないと顔が見たくなるし、電話で声だけでも聞きたくなるし、自分が空気になっても一緒にいられたらいいと思ったときもあったの……。あんまり考えると、またくやしくなって泣けてくるからもうやめます。

こないだの朝、十一時半まで待ったけど、あなたは来なかったので決心しました。もう涙も出てこなかった。彼とおひるを食べて、映画を見て、そのあと喫茶店でお話をして、彼が子供も年よりも嫌いではないことがよくわかりました。結婚を申しこまれるというのは嘘だったけど（まだそういう関係ではありません）、でも、もし彼が私でもいいと言ってくれれば、私は本気で考えてみたいと思っています。おとなしくてまじめな人で、いまはまだ心から好きというほどではないけれど、いつか気がついたら、そうなっているかもしれません。

最後に、シャツと鍵をいっしょに送ります。いつのまにか私のパジャマになってしまっていたシャツだけど、あなたのものだから洗濯に出してきれいにして送ります。風鈴も送るつもりでしたが、ガラスが割れるとあぶないのでやめます。捨てようかとも思いましたが、あなたのことをそれほど憎んでいるわけでもないので、あとでどうするか考えます。鍵は、ほんの半年たらずでしたが、いつも私のバッグのなかにありました。今日から、私のバッグはすこしだけ軽くなります。はやく他に鍵をわたせる人を見つけてください。

自分でも何をどう書いたのか忘れるくらい長くなりました。こんなに長い手紙を書いたのは初めてです。読み返すとはずかしくなりそうなので、このまま送ります。これが届くころには、私はたぶんいまのお店をやめているでしょう。アパートも移りたいけれど、お金に余裕がないので無理です。でも、いままでも、あなたは入口までおくってくれてもあがったことはなかったのだから、移る必要もありませんね。これから寒くなります。風邪をひかないように気をつけてください。

お元気で。

さようなら。

矢田部由紀子

手紙は、一度目よりも二度目に読んだときの方がわかりやすかった。一度目のときは、矢田部という、知ってはいたけれど見慣れてはいないし忘れてもいた姓が、ぼくがなじんでいる由紀子の顔や声や言葉つきとしっくり結びつかなかった。二度目もそれはおなじである。

けれど、ぼくはなんとか無理をして結びつけた。ちょうど彼女の名前の半分を知っていて半分を忘れかけていたように、ぼくは矢田部由紀子という女の半分だけしか見ていなかったということを、なんとか理解できた。叔母の口癖は正しかった。ぼくは実際に半分しか見えない眼で、手紙を折りたたみ、封筒に戻し、机の引出しにしまった。

●

その夜、ぼくは寝支度をしてベッドに入り眼を閉じたあとで、三日間を振り返った。

この三日の間に起った不運な出来事といえば、買い出しにでかけたスーパーマーケットの入口で、左側に積んであった蜜柑《みかん》の山にぶつかって崩したことくらいしか思いつかない。ぼくにとって悪夢のような何かが起ったとすれば、やはり由紀子の手紙を除いては考えられないだろう。今回ぼくの左眼が呼び寄せた不幸は女からの別れの手紙だった。別れの手紙にしてはまとまりに欠け支離滅裂な感じもするけれど、二回読めば言いたいことはよくわかる。それに、別れの手紙というのはだいたいそういうものかもしれない。要するに、ぼくは恋人をひとり失ったわけである。諦めたほうがいい。たぶん彼女はもう戻ってこないだろう。というよりたぶん、ぼくは彼女を引き戻すような働きかけを何もできないだろう。

実際ぼくは、由紀子のアパートを訪ねるつもりなどなかった。アパートを訪ねて玄関の前に立つところまで想像はできても、そのあといったい何をするのか何を喋るのかを想像するための気力はなかった。ぼくは諦めることに決めた。これまでずっとそうしてきたように、三日間の出来事を悪い夢として忘れさるように努めた。しかし、ぼくの左眼にかかった靄《もや》は、いつものように翌朝すっきり晴れることはなく、まだ数日、不自由がつづいた。

●

高山のえの家をふたたび訪ねてみる気力も失《う》せていた。十年前にいちどだけ現われた映子のおばという人物について、高山のえの記憶にどれほどの手がかりが残っているか疑問だった。たとえ何かが残っていたとしても、それが重要な手がかりだったとしても、ぼくはそれを梃子《てこ》にして動きまわる自分を想像することさえおっくうだった。

●

それから一週間、ぼくはほとんど部屋に閉じこもって暮した。出費をスーパーマーケットとコインランドリーだけにおさえ、本も読まず、テレビもつけず、ラジオもカセットテープも聞かず机の前にぼんやりすわる日々をつづけたけれど、小説は一枚もはかどらなかった。

その間に重信編集者から電話がかかり、こんなやりとりがあった。

重信　調子はいかがですか。
ぼく　最低です。
重信　(吐息) 困ったもんだな。
ぼく　………。
重信　人捜しは。
ぼく　やめました。
重信　(煙草をくわえる気配) 毎日なにしてます。
ぼく　ぼんやり。
重信　ぼんやり?
ぼく　ただぼんやり考えてるんです。
重信　どんなことを。(ライターを点ける音)
ぼく　とりとめもなく。
重信　………。
ぼく　ねえ、重信さん、消えていった新人たちがいるでしょう。
重信　うん?
ぼく　何人も見てきてるでしょう?

重信　まあね。
ぼく　彼らに共通してるのは何ですか。
重信　聞いてどうする。
ぼく　不安なんです。
重信　編集者というのは消えずに残った作家たちとのつき合いに追われる商売でね。消えていく新人のことをいちいち心にとめる暇はない。
ぼく　残った作家たちに共通してるのは何ですか。
重信　書きつづけることだよ。
ぼく　書けないんです。
重信　ペンを持って机に向いたまえ。
ぼく　やってます。でも書けない。
重信　（吐息）消えていく新人にもしぶとく残る新人にも共通してるものがあります。
ぼく　なんですか。
重信　不安。
ぼく　（うつろな笑い）こうやって重信さんになぐさめられるときが来るとは思わなかったな。新人賞をとったころには。
重信　どうかしてるんじゃないのか。

ぼく　とにかく、今年いっぱいに長編を書きあげるのは無理です。
重信　そのようだ。
ぼく　来年まで待っても無理かもしれない。
重信　待てないね。
ぼく　でもいまのままじゃ無理です。
重信　無理を通すのがわれわれの仕事だよ。
ぼく　じゃあどう書けばいいのか教えてください。
重信（一つ咳をして）それを考えるのはきみの仕事だ。
ぼく　わからないから悩んでるんですよ。
重信　どうしてもわからなかったらやめたまえ。ぼくも待つことをやめる。何べんもいうように代りの新人はいくらでもいるんだ。
ぼく　それで？　みんな不安がってるんですか。
重信　きみみたいに編集者に向って電話でこぼしたりしないけどね。
ぼく　誰にこぼせばいいんです。ぼくはひとりなんですよ。立松和平にも北方謙三にも村上春樹にも……ゆうべぼんやり考えててわかったけど、消えないで残った新人にはみんな奥さんがいます。彼らに共通しているのは結婚してるということなんです。でもぼくはひとりきりだ。わかりますか。

重信　わかるさ。ぼくもひとりだよ。
ぼく　結婚してるじゃないですか。美人だと評判の奥さんがいるじゃないですか。
重信　女が何のたしになる。
ぼく　妻帯者に独り暮しの男の気持ちなんかわかるもんか。
重信　まるで喧嘩を売られてるみたいだな。
ぼく　小説にアドバイスを与えるのは編集者の仕事じゃないんですか。新人の相談にのってくれるのが編集者じゃないんですか。
重信　誤解してるよ、きみは。われわれは、編集長はどういうか知らないが、ぼくは、コーチでもカウンセラーでもない。
ぼく　じゃあ何なんです。
重信　むしろギャンブラーに似ている。
ぼく　やめてくださいよ。レトリックで遊んでる場合じゃないでしょう。
重信　遊んじゃいないよ。真剣勝負なんだ。ぼくはきみに賭けようと決めた。締切り直前まではそう思ってた。でも降りた方がよさそうだ。
ぼく　つまり手を引く……（間）見限るということですか。
重信　来年まで悠長に待てないからね。
ぼく　どうしても？

重信　最初に言っておいたはずだよ。
ぼく　（苦笑い）これでまたひとり新人が消えるわけですね。
重信　きみがそのつもりならそうだろう。
ぼく　わかりました。さよなら。
重信　長いお別れにならないように祈るよ。
ぼく　ぼくの電話番号を手帳から消してください。

●

その次の一週間も、ほとんどおなじようにぼくは部屋にこもった。スーパーマーケットとコインランドリーの他に、新聞代とＮＨＫの受信料と町内会費と水道・ガス・電話料金の出費があり、小説の方はあいかわらずだった。

一週間のうちに月が変り、季節も変った。今年の冬、最初に鳴った電話は叔母からのものだった。

11

午後二時を過ぎると定食屋は暇になる。あわただしいランチタイムを働いた店の主人とその妻は、背伸びをしたり片方の手で片方の肩をたたいたりしたあとで、自分たちのつましいランチをこしらえにかかる。店はカウンターだけの細長いつくりで、全体に磨きあげた板の光と匂いがただよう。ハンバーグを中心にした定食屋にしては油じみてもいず、ソースの染みもなく、清潔な明るすぎるくらい明るい店である。床板はコルク張りで、これは掃除するのに手間がいらないし、あわてものの客がコップの水をこぼさないかぎり、もっとあわてものの客が足をすべらせることはない。カウンターの板に何の木を使っているのかは、店の主人は知らない。いつかぼくが、小説家としての関心をもって訊ねたとき、主人は工務店が持ってきた写真を見て決めたのだと答えにならぬことを言って首をひねり、でもウインド・サーフィンのボードと違うことだけは確かだと言い添えた。

カウンターに向って椅子にすわると、客の背中になる壁に、何枚かの写真が掲げてある。初めて入った客はたいてい、注文したハンバーグが焼きあがるまでに首をねじってその何枚かの写真をひと通り見渡し、焼きあがったハンバーグを一切れ口に入れながら、ある者はヨットの写真だなとだけ思って表情をかえず、ある者は店の名前を考え合せてかすかに微笑《ほほえ》む。前者の数はきわめて多く、後者の数はぼくを含めてまれである。どちらにしても二度目からはもう、客は後の壁を振り返るために首に負担を与えることはしない。

店の客の大半は、すぐ裏手の電話局と、それからちょっと離れた市役所と、水道局と、税務署に勤める人間たちである。彼らはランチタイムの四八〇円のハンバーグを食べるために毎日、それとも一日おきくらいに飽きもせず通いつめる。店の主人に言わせれば客層はかたく、ぼくに言わせればかたすぎる。客層のせいで、店の定休日は週に一度と決っている。店の名前は有名なサーフィン映画に由来していて、壁の写真が示すように主人の趣味はウインド・サーフィンなのだが、本人は両者の違いをそれほど（ぼくを含めた少数派の客たちほど）意に介さない。風と波と、必要な条件に多少ちがいはあっても海にのぞむ心意気はおなじ、というのが彼の主張である。おわかりかと思うが、店の定休日は日曜で、店の名前はウエンズデイという。

月曜日、午後三時。

「お昼休み」と横書きの木札のかかった扉を開けると、細長いカウンターの椅子に女が二人腰かけて待っていた。すぐにエプロン姿の店の主人がカウンターのなかで頭を下げ「お久しぶりです」と挨拶し、ふたりの女のうち若い方がただ「来た、来た」という。ぼくは「しばらく」とだけ主人にはこたえ、その妻には一言も喋らず、叔母の隣りに腰をおろした。昼間の叔母は化粧を落とし、銀縁の眼鏡をかけている。口髭をはやした主人が、コップの水とおしぼりを出しながら訊いた。

「食事は？」

「いらない。コーヒーを」

隣りの叔母が言った。

「顔いろが悪いね。また人嫌いかい」

もうひとつ隣りの妹が言った。

「髭ぐらい剃りなさいよ。お兄ちゃんがぼーっと入ってくるのを見てたら浮浪者みたい」

「何かおたべ。ここのハンバーグはいつきてもおいしいよ」と叔母がすすめ、

「ありがとうございます」と主人が礼を述べ、

「お世辞よ」とその妻がたしなめ、

「益夫さん何かつくってあげて」と叔母が頼み、

「はい」と義理の弟が返事をし、

「何たべるのお兄ちゃん」と妹の桃子が訊き、ぼくは気力をふりしぼってこたえた。

「スパゲティにしよう」

「は？」

「添え物にするやつでいいよ」

「またあんなこといって」

「買ってきたやつでもいい、ゆでてなくても」

「なにいってるの」

「ハハハハ、なるほどなるほど」

「なにがなるほどなるほどよ」

「お兄さんは冗談をおっしゃってるんだよ」

と義理の弟が言った。ぼくはカウンターのうえで肘杖をついて、重い頭をささえた。

「スパゲティほんとにたべるの」

「コーヒーでいいっていってるじゃないか」

「もう、なにいってるのかさっぱりわかんない」

「益夫さん、コーヒーをあたしにも」と叔母が間に入って言った。

「じゃああたしも飲みたいわ」と桃子が言った。「めんどくさいから四人分いれなさいよ」

「話って何ですか」ぼくは叔母に訊ねた。「あの人のことならもう桃子から聞いてますよ」

「手術はうまくいったんだよ」

ぼくはコーヒー豆を挽《ひ》く準備をしている男を眺めただけで、何も相づちを打たなかった。

「退院はまだだから」と叔母がつづけた。「あんたいちど見舞いに行ってごらん」

ぼくは首をゆっくり横に振った。

「いやです。行きませんよ」

「ほらはじまった」と桃子が呑気《のんき》そうに言った。「おばあちゃんの話になるといつもこうなんだから」

「おまえは黙ってろ」

電気仕掛けのコーヒー・ミルがまわりはじめた。豆が挽かれるまでの間、四人とも黙りこんだ。それから叔母が訊いた。

「なにをそう苛々《いらいら》してるの」

「べつに」

「またふられたのかい」

「そんなんじゃないですよ」

「あんたが部屋に閉じこもるのは、たいがい失恋したときだと思ってたけどね」

「不精髭をのばしてふらふら出歩くときもそうよ」

「黙ってろと言ったぞ。仕事のときですよ。ぼくの仕事は部屋に閉じこもって小説を書くことです」

「あんたが小説を書きだす前のことをいってるんだよ」

「そうよ、むかしからなのよ」

「…………」

「二冊めの本はいつ出るんですか」

注ぎ口の細い薬缶《やかん》を扱いながら義理の弟が訊いた。

「書きあがったら」とぼくは答えた。

「また売れるといいですね」

「……うん」

「そんなにお湯を入れちゃ五人分くらいになるわ」

「いいよそれで、益夫くん。薄めのほうがいい」

コーヒーができあがった。カウンターの上に白い陶器のコーヒー茶碗と受け皿が四つずつ並び、義理の弟が髭の口もとをとがらせて同じ分量に注いだ。ガラスのサーバーの底に一人分のコーヒーが余った。

「ほらね」

「もう少しずつ注ぎましょうか」

「いいわよ。ビールじゃあるまいし」

四つの手が順々にのびて四つの茶碗を手もとに引きよせる。最初に口をつけた人間が、最初に口を開いた。

「とにかく、その髭を剃っていちど病院へ行ってみるんだね」

「叔母さん、その話はもう……」

「あんたの母さんが言うには、あの人がいまいちばん会いたがってるのはあんただってさ」

「ぼくは会いたくない」

「あんたがどんなふうに憎んでるのか知らないけど」

と叔母が不用意に言いかけた。ぼくは先まわりしてこたえた。

「誰も憎んでなんかいません」

叔母が微妙に言葉を換えて言った。

「あの人を恨むのはちょっと筋ちがいだと思うよ」

「ぼくは誰も恨んでませんよ」

「じゃあなぜ依怙地《えこじ》になるのよ」

と桃子が脇から口をはさむのを無視してつづけた。

「叔母さんはどうなんですか。どうしてあの人なんて呼ぶんです」

叔母は受け皿の上でコーヒーカップを回しながら答えた。

「あの人はあたしの母親だからね」

「答えになってませんよ。あの人はぼくの祖母です」

「それがわかってるんならお見舞いに行きなさいよ」

と桃子がまた横から口を出した。ぼくは桃子の夫に言った。

「益夫くん、悪いけど女房の口を押えててくれないか」

しかし左手に受け皿、右手にコーヒー茶碗を持って立った男は笑いながらなにもこたえない。その妻がなおも言った。

「お兄ちゃんはまちがいなくおばあちゃんの孫よ。どっちも依怙地で、偏屈で」

「おれはあの人に親しみを感じないよ。孫といったって世話になったおぼえはいちどもない」

「育ててもらったじゃないの」

「父と母の仕事を奪っただけだ」

「よくそういう言いかたができるわね。あたしもお兄ちゃんも結局はおばあちゃん子なのよ」

「そういう言い方しかできないんだよ、事実だから。おれもおまえもおばあちゃん子なんかじゃない。家政婦の子だった」

「ひとりで大きくなったみたいなこと言わないでよ」

「生意気なこと言うな。おれはずっとひとりだったよ。あの人がおれにしたことは余計な世話だけだ。何かしたことはぜんぶマイナスの結果に出てるんだ。おれはひとりでやれた。新人賞に当って小説家になった。これだけは誰の世話にもならずにひとりきりでやったからプラスの結果をつかめたんだ」

「叔母さんの世話にもなってないと言うつもり？」

「……………」

「結局ひとりなんだよ」

と叔母がやんわり割って入った。

「自分以外の人間を信用したくないんだよ。身内にも他人にも、誰にも優しくできない。あんたの場合はときどきそうなるんだね」

とぼくを横眼で見て、

「桃子の言う通りだよ、ときどき妙に人嫌いになるとこがよく似てる」

それから、蝦蟇口《がまぐち》に似た黒い煙草入れからマイルドセブンを一本取り出して、この店のマッチを擦《す》った。ぼくは手のひらで左の眼をおさえて黙りこんだ。眼の異状はもうすっかり回復していた。ただ今回は、気持ちがまだ追いつかないだけなのだ。

「どうしてなんだろうね」と叔母がつぶやき、

「生れつきよ」と桃子がきめつけた。

ぼくは左眼をおさえたまま言った。

「叔母さん……」

「なんだい」

「わからないんですよ、本当は。何をどうしていいのか。何がどうなってるのか。ひとりで考えても考えても……考える気力がもうないんだ。あのときに似てるんです」

「わかってるよ」と叔母は言った。「あのときにも、そのまえにも、もっとずっとまえのときにも似てる。両眼がちゃんと開いてないんだよ。片っぽだけ、開けてるから、世の中の半分しかまともに見てないのさ。あんたの持病なんだね」

ぼくはあのときと、そのまえと、もっとずっとまえのことを思い出した。叔母の決り文句はずっとぼくについてまわった。いつもぼくのそばには叔母がいた。十代のころも、ぼくは叔母にこう訊ねた。

「どうすればいいんです？」

そして叔母はこういった。

「問題は何なんだい」

「三つあるんです」

叔母は煙草を消し、両の手のひらを合せて、揃えた指先で鼻をはさみこむように顔にあてた。眼鏡の奥の瞼が閉じる。

「桃子」と義理の弟が言った。桃子がこたえた。「なによ」

「ちょっと出よう」

「どこへ」

「その……パチンコでも」

「いやよ」

「行っておいで」と叔母が両手を顔にあてたまま言った。「おなか冷やしちゃだめだよ」

桃子が不承不承たちあがり、エプロンを脱いだ男がカウンターを出て寄り添い、若夫婦は店の外へ出ていった。ぼくはつづけた。

「ひとつはあのときのことです」

「会ったのかい」

「いや、まだ……。教えてくれませんか」

「なにを」

「なにか……ぼくの知らないことを」

叔母は手のひらで顔の下半分を隠したまま微笑んだ。

「あんたがいま知らないことは、無理に知らなくてもいいことなんだよ」

その微笑みは、遠い昔、ぼくが一枚の写真について訊ねたときの記憶を呼びおこす。ぼくはうなずいて言った。

「わかりました」

「もうひとつは」

「女性のことです、いまの」

「『どん底』の女の子だね」

「ええ」

「あんたしだいだろ。あたしに言わせれば、たいがいこの手の問題は男しだいだよ」

「諦めようと思ってるんです」

「だったらなにも相談することはない」

「でも……」

「それから？」

「……仕事です。小説が書けないんです」

叔母は手のひらの陰で笑い、しばらく顔をこするようにうごかしてから、両手をカウンターの上で組んだ。椅子の背にもたれて言った。

「あたしも同じ悩みを持ってるよ。三カ月も店は赤字つづきで、女の子の給料日に銀行へ行って預金をおろすたびに泣きたくなる。この街で飲み屋が幅をきかせた時代は終ったね」

「………」

「あくびと弱音は伝染するって言ったのは誰だっけ」

「知りません」

「あんたから聞いたような気がする。気のきいた言い方はずいぶんあんたに教わったから」

「風邪とロマンスは伝染する、なら何かで読みました」

両手を組んだ女はなんべんもうなずいてみせた。

「なるほどね。うまいこと言う」

「なにを思い出してるんです？」

「遠い昔のことだよ」

ぼくはジャンパーのポケットをさぐった。叔母が気づいて蝦蟇口《がまぐち》を辷《すべ》らせてくれた。ぼくは煙草を一本もらって点けた。

「叔母さんはいつから、あの人って呼ぶようになったんです」

「忘れたね」

「憎んだことありますか」

「いや」

「恨んだことは」

「いいや」

「見舞いに行って何を話すんです？」

「別に、何も。あんたが自分で思ってるほど世の中はむずかしくできてないんだよ」

「ぼくの左眼はときどき見えなくなるんです」

「わかってりゃいいさ」

「……」

ぼくは黙り、叔母もそれいじょう喋らなかった。そのあと冷めたコーヒーをすすりながら、叔母がなにを考えていたのか、ぼくにはわからない。けれど、叔母は黙って横にすわっているだけで甥っ子の心のなかを正しく読みとってくれていた。そんな気がしたのではなく、そう信じたい気持ちで、ぼくはしばらくぶりの叔母と二人の静かな時間をすごした。

＊

雑踏のなかで誰かに呼び止められたような気がして、ふいに目覚めた。靴音や、話し声や、拡声器を通した音楽やアナウンスは夢とともに突然とぎれて、はるか上空を飛びすぎるジェット機の爆音だけが現実のぼくの耳をとらえた。明るい日射しと、青く澄んだ空と、横切る白い筋雲をぼくは連想した。女の声が言った。

(気分はいかがですか)

ぼくの右眼に最初に映ったのは白い壁だった。左眼がいぜん見えないことを知り、白い壁が白い布張りのつい立てだと判るまでに、ぼくは夢のさめぎわの映子の後姿を思い出した。映子は本屋の前にたたずみ、ぼくは人ごみに押されながら彼女を見守っていた。映子は一冊の本を手にして、横の男を振り向きながら笑っていた。本のタイトルは（ぼくが立っている場所から覗《のぞ》けるはずはないのに）『みどりのゆび』という童話だった。映子の横に立っていた男は寺井だったろうか、とぼくは考えた。

（ここがどこかわかりますか）

ぼくは女の声の方へ顔を向けた。女は白い帽子を被《かぶ》り、白い服を着ていた。

（あの音は何？）

（配膳車です。食器を載せた車が通ったんです）

（ちがう。その前の音）

（その前の？）

（外は晴れてるのかな）

看護婦はうしろを振り返ってからこたえた。

（いいお天気ですよ）

看護婦が振り返った方向には閉めきった窓があり、エア・コンディショナーの装置が見える。脈搏をしらべた看護婦が場所を移動すると、テレビが見え、電話が見え、冷蔵庫が見え、ソファが見えた。ソファには二人の女がすわっていた。眼が合うとすぐに、一人が腰をあげる。どんな気分かと看護婦が訊ねた。

（のどがかわいた）

とぼくは、ボールペンで何か書き込んでいる女に答えた。ベッドの脇のテーブルから女は水差しを取りあげた。祖母の声が、この子はコカコーラが好物だから飲ませてはいけないかと訊いた。ぼくは横たわったままかぶりを振ったが、二人とも気がつかないし、首が動いたかどうかさえおぼつかなかった。

(水をください)とぼくは言った。

先生を呼んで診《み》てもらってくれと祖母が頼み、呼んできますと看護婦が答えてつい立ての向うに消えた。ぼくはベッドのうえでからだを起した。だいじょうぶかと祖母が訊ね、何も答えない。枕をクッションにしてよりかかり、祖母の手からグラスの水を受けとった。水は生ぬるかった。

(いま何時ごろかな)

ぼくはグラスを持たない方の手で左眼をさわりながらつぶやいた。もうじき三時になると祖母が教えた。それから、母は、さっきまでここにいたけれど、どうしてもはずせない用事で出かけた、と説明する。横山さんの会社の生け花クラブの生徒さんの披露宴の……ぼくは途中までしか聞かずに訊ねた。桃子は? 学校だよ。ぼくがゆうべやったことは、祖母の采配をすこしも狂わせることがない。ぼくは言った。

(死んでから知らせようと思ったんでしょう)

(ばかなこと言うんじゃない)

(叔母さんと代ってください)

(いきなり何もかも喋っちゃ毒だよ)

(代ってください)

窓際のソファをはなれた叔母がベッドのそばに立った。化粧気のない白い顔に銀縁の眼鏡をかけている。何か欲しいものはないかと祖母が訊いた。叔母と二人きりにしてくれるようにぼくは頼んだ。祖母は何も答えず、叔母もしばらくの間、黙って立っていた。廊下を、若い女の笑い声と食器を載せた車が通り過ぎる。母に意識が戻ったことだけ連絡してあげなさいと、叔母が祖母にすすめた。先生がみえるまで寝ていた方がいい、と捨て台詞《ぜりふ》を残して和服姿の老人は出ていった。

(派手すぎると思いませんか)

(なにが)

(あの帯。病院にかけつけるまえに母と二人して選んだんだ)

叔母はただ微笑んだだけだった。ただ叔母が微笑んだだけで、久しぶりにぼくの気分はなごんだ。けれど長つづきはしなかった。

(どうなったんですか)

(心配いらないよ、何もかも)

(どうして助かったんです)

(気転のきく人間がふたり、車で通りかかったんだよ)

（……）

（運がよかったんだね。あんな時間に釣りに行く人がいたんだから）

（反対ですよ。死にたいのに死ねなかったんだから）

（……）

（彼女は？）

（気分どうだい）

（ちょっとだるい。彼女はどこに？）

（病院だよ、別の）

（別の……？）

叔母は近くにあった椅子を引き寄せて腰をおろした。めくれたふとんを直しながら言った。

（あんたいくつになったんだっけ）

（産婦人科ですか）

（こないだまでチョコレートを欲しがってたけどね）

（子供は……？）

（死んだよ）と叔母が言った。（映子さんは元気だよ）

ぼくは両眼をつむった。叔母の声がつづけた。

（貨物列車が止ったことは今朝の新聞には載ってないよ。明日になるらしい。でも小さくね。

もちろんふたりの名前は出ないし……)

ぼくは眼を開けて言った。

(叔母さん、ぼくそんなことをして欲しいとは思いません。誰にも頼まない……)

そして咳《せき》込んだ。

(わかってるよ)と叔母がうなずいて、なだめるように言った。(でも、あんたはもう子供じゃないんだから)

(あの人が手をまわしたんですね)

(力を認めないわけにはいかない)

(叔母さんのときもそうだったんですか)

叔母は両手をこすり合せ、両の手のひらで鼻をおおってから言った。

(そうだよ。あんたはまちがいなくあたしの甥っ子ってことだよ)

(あの人はぼくをどうしたいんです)

(なにもなかったことに)

(………?)

(おとついまでと同じように大学に行かせるつもりだよ)

(………彼女は?)

(映子さんのことは心配いらない)

(叔母さん……、ぼく片眼が見えないんです)
(ときどきね)
(………)
(なに考えてるんだい)
(ぼく、諦められるかどうか……)
(いま考えすぎちゃだめだよ)
(ふたりとも死んだ方が楽になれたのに……そう思いませんか)
(映子さんに会いたいかい)
(誰にも会いたくない)
(立ち直るよ彼女は。女だからね。あたしと同じだからね)
(……ぼくは男です)
(子供じゃない)
(あの人の世話になるのはもういやだ)
叔母がまた微笑んでくれた。
(いまのあたしは使えないほどお金を持ってるから)
(板チョコを買ってください)
(その調子だよ)

(……どうすればいいんです)
(これまでのことは忘れなさい)
(そして……?)
(これからのことをゆっくり考えるのさ)
(考えると辛《つら》いんです)
(耐えるんだね)
(………)
(耐えるしかないよ)

扉が勢いよく開いて、つい立ての陰から白衣姿の男があらわれた。看護婦と祖母を従えた医者は陽気な口調で、

(やあ、おめざめですな)

といった。叔母がぼくの顔を視《み》つめながらゆっくり立ちあがり、背を向けて、窓際のソファの方へ退る。そのときふいに、ぼくの眼に涙がつきあげた。見える眼にも見えない眼にも涙は一様にたまり、見える眼からも見えない眼からも涙はあふれて、頰を伝った。できればぼくは泣きたくなかった。諦めることと、耐えること。ぼくにそうする力があるだろうか。できればぼくはめざめたくなかった。医者がぼくの顔を覗きこみ、大きな手で肩を叩いて、もう何も心配はないと言った。

12

「しばらく見ませんでしたね」

「ベーコンエッグ・バーガーの彼女、元気かい」

「おかげさまで。五階へ行きますか、それとも」

「また頼むよ」

「そこの喫茶店で待ってると伝えればいいんですね」

「すまないね」

「いいんですよ。師走だっていうのに暇でしようがないんだから」

「どこもそうらしい」

「不景気風が吹きまくってるんですよ」

「じゃあこれでまたハンバーガーを」

「要りません。ぼくのふところは暖かいんです」

「へえ？」

「競輪でちょいとひとかせぎ」

「そんなに当るもんかな」

「ついてるから」

「不景気はとどまるけどツキはまわるよ」

「そうですか？」

「一年前はぼくのそばにあった」

「引き止める方法はないんですかね」

「ないと思うね」

「女と似てる……？」

「………」

「すいません、利いたふうなこと言って」

「かまわないよ。ぼくもときどきそう思うことがあるんだ」

「ただの冗談です」

「わかってる」

「呼んできます」

「頼んだよ」

由紀子は、先日この喫茶店でちょうどいまの時刻に会ったときと同じラメ入りの赤い衣装で現われた。テーブルの上にはぼくが注文したレモンティのカップがあり、このまえと同じようにしなびた輪切りのレモンがスプーンと一緒に受け皿の端にのっていた。向いの席に由紀子が腰かけ、ウエイターがグラスの水を運んできて注文をとる。ミルクを、と由紀子が言えば、同じことをくり返すだけだった。そうなりそうな気がする。ぼくは意味もなく左眼をしばたたき、由紀子がウエイターの顔をちらりと見上げて、ミルクをと言い、ぼくの気はすでに萎《な》えかけた。アイスですかホットですか。ウエイターも同じ台詞《せりふ》しか言えない。ホットミルクを、と由紀子がこたえた。ぼくがここまで来たのはやはり無駄だったのかもしれない。

「電話で断ってくるかと思った」と、ふいにこのまえと同じ文句を口にしたい衝動にかられ、やっとのことで思いとどまった。由紀子の眼がぼくの顔ではなくぼくの背後の窓を見ている。窓越しに見える夜の灯《あか》り。窓に映る由紀子の顔。窓に映るぼくの背中。

「来ると思ったわよ」

と由紀子が先に口を開いた。ぼくはこのまえとは違うなりゆきを願いながら言った。

「店に電話をいれたらまだやめてないと言われたから」

「それで?」と由紀子が訊いた。「他にお給料のいい店を紹介してくれるの?」

「皮肉はよしてくれよ」

「すこしはあたしの気持ちもわかるでしょ」

「………」

「言いたいことがあるなら早く言って。無理をして出て来てるんだから」

「ママは八時からだろ」

「今日は七時。師走なんだから」

「どこも暇だって話だよ」

「うちは忙しいの。あたしがやめられないくらい忙しいの」

「もしやめてたら、アパートを訪ねるつもりだった」

「………」

「あしたは君の誕生日だ」

湯気をたてたミルクが運ばれてきた。しかし由紀子は口をつけなかった。まるでミルクを運んだ男の不手際を責めるようにつぶやいた。

「おそすぎるわ」

「二時に店が終ったら……」

「彼と会う約束なの」

ぼくは短い吐息をついて椅子の背によりかかった。

「熱心なんだな」

「あたしを好きだと言ってくれてるわ」

「ぼくのことを好きだと書いてあったよ、手紙に」

「なにを書いたか憶えてないのよ」

「机の引出しに入ってる。合鍵も」

「もうやめて」

「ぼくも……」

「あなたと同じことをくり返すのはうんざりなの」

椅子によりかかったままぼくはうすく眼をつむった。ぼくは、ぼくじしんの気持ちを測りかねた。もういちどこのまえにもどって、一カ月前に二カ月前に出会いの頃にもどって、くり返す勇気さえないのに。眼を開けると、由紀子はうつむいて、こめかみのあたりに片手を添えていた。七つ年下の女はぼくよりも老《ふ》けて見えた。

「お願いだからこれいじょう迷わせないで」

「……ごめん」

ぼくは身を起して、ティカップを両手で温めるように持った。しかし冷えた紅茶がそれで温まるはずもなく、もうひとくち飲んでみる気持ちもおこらない。

「あやまるよ。これまでのこともあやまる」

「………」

「コースターの編目をまちがわせたことも。ぼくが言ったことやしたことで、他にきみを傷つけたことがあったらあやまる」

「あやまってどうなるの」

「わからない。でもきみは、きみを好きだと言ってくれる人と誕生日を祝えばいい」

「最後まで皮肉なのね」

「正直な気持ちだよ」

「もう行くわ」

「さよなら」

「ミルクの分はあたしが払うわね」

「いいさ。ぼくがあとで飲むから」

「嫌いだったじゃない」

と由紀子が言った。ぼくが言い返した。

「でもきみは財布を持って来てないぜ」

「……ごめんなさい」

「行かないとママに叱られるよ」

ぼくはまた椅子によりかかって眼をつむった。椅子が引かれる気配があり、女が立ちあがる気配があり、去っていく気配があった。

眼を開けると向いの席に由紀子の姿はなかった。ぼくはジャンパーのポケットから、リボン付きの小さい箱を取りだしてながめた。金いろをした蝶の形のピアスなんて、妹に贈るわけにはいかないし叔母にもむかない。やはりぼくは、半年たらず交際した女の気持ちよりも長年つき合ってきた左眼のジンクスのほうを信じるべきだったのだ。失明した三日間に起った出来事はとりかえしのつかぬこととして諦めたほうがいい。女が二十二年の（あと数時間で二十三年の）人生で四度しか泣かなかったことや、温めなおしたみそ汁に生卵を落しただけの夜食をとろうとしたことや、レースのコースターの編目をまちがえたことや、ぼくを好きだという文句の入った長い別れの手紙をよこしたことを、たぶんぼくは忘れようとして忘れられないだろうし、この使い道のない一万九千八百円のピアスもこのさき女を思い出すための余計な小道具の一つになるにちがいない。けれど、相手のほうで、ぼくが皮肉屋だったことや、しょっちゅうスエードのジャンパーを着ていたことや、牛乳が嫌いだったことを、すこしずつ忘れていくほどにはぼくもできるだけ忘れるように努めなければならない。それができるかとぼくは自分じしんに問いかける。おそらく、というのが答えだった。思えばそれは、あの死にきれなかった十年前すでにぼくのそばにあった答えである。

ぼくが決めたことは、諦めて生きていくということだった。諦めて、そして耐えて生きていくことだ。とりかえしのつかぬことはとりかえしのつかぬこととして諦め、左眼がもたらす不幸は避けられぬジンクスとして耐える。これまでぼくはそうやってきたのだから、このさきもおそらくやっていけるだろう。そうやっていくしかない。十年まえ、病室で医者の明るい声を聞いたときふいに突きあげた、ぼくの人生で二度目の涙は、これから延々と続く日々での、諦めの辛さと耐える苦しみのためにあらかじめ用意されたものだった。ぼくの眼に三度目の涙はもう一滴も残ってはいない。

ぼくは伝票を手にして立ちあがった。冷たく半分残った紅茶と女が口をつけなかったミルクの代金を支払うために歩いた。この夜の勘定も、ぼくの記憶から色あせることはあっても決して消えないだろう。

＊

前略。

元気か。おれはあんまり元気じゃない。

これはおまえが読むおれのはじめての手紙になるはずだが、じつはおれがおまえに手紙を書くのははじめてじゃなくて、二度めだ。

もうひと昔もまえ、おまえが札幌へ飛び出し、おれがあの街に残ったとき、ひと晩かかって書きあげ、結局出せなかった手紙がある。どんなふうに書いたかは忘れたが、何を書いたかは憶えている。おれはおまえを恨んでいないということを書いたのだ。

おまえがおれの車を勝手につかって、彼女とあんなことになって、そのあとおれに会おうとしないで札幌の大学へ逃げるように旅立ったことで、少しもおれはおまえを恨んではいない。おまえのばあさんが、おれのいかれた車（もともとポンコツだったが）を弁償してくれたから恨まないというのではない。おまえのおばさんが、会うのはもうしばらく待ってあげてくれと頭を下げたから恨まないというのでもない。ただ同じだと思ったのだ。おれとおまえは立場がちがっただけだ。考えた末にそう思ったのではなく、あのときすぐにそう感じたのだ。おれもきっと自分を殺そうとしてた。もしおれがおまえなら、おれもきっと彼女を奪ってた。だからおれは、別に何べんもおまえに会いに病院と家へ通いはしなかったし、一回だけなのだ。一回だけ、顔を見て、元気か、と言いたかっただけなのだ。まあ、それはもういい。

おまえはおれより一足先に動いただけだ。ちょっと先に歩き出そうとしただけだと思うのだ。おれだって馬鹿ではないから、あんなでたらめが永遠につづけられるなんて考えてはいなかった。しおどきだ。どこかでけりをつけなければとしじゅう考えてた。それをおまえが先にやった。それだけだ。おまえのおかげで、おれはあのときのおれを殺さずに、殺そうともせずに、眠りから目覚めたというわけだ。もっとも、おれの目覚めはもっとゆっくりで、おまえがいなくなったあとも、まだ少しもうろう状態がつづいたのだが。

いま考えればおれは、おまえがいなくなった街で、おまえがいたときの生活を一人でしめくくりにかかった。しめくくるといっても、いったい何をどうすればよかったのかおれにはわからない。おれはただ酒の量を増やし、新しい女を拾い、競輪で負けつづけただけだった。あのときすでにおれたちのジンクスは意味を失っていたのだ。女を拾っても競輪の負けをくい止めることはできず、拾った女は身ごもった。女は生むといい、おれはそれも止められなかった。おれは二十歳で子持ちになった。

いま二人めは幼稚園だ。おれは女房の里にいて、これを書いている。十年まえは出さずに終ったが、これはおまえに読んでもらう。でも言いたいことはあのときと同じなのだ。十年の間におれは手紙が似合う年になった。それだけちがう。おれはいまでもおまえを恨んでなんかいない。先日のあの馬鹿げた頼み事は、何かを根にもってやったことではなくて、何かちょっと感傷的になってみたかっただけだ。おまえと二人で同窓会でもやってるつもりだったのだ。あのときのおまえが有望な新人作家になり、あのときのおれが女房に逃げられる甲斐性なしの亭主になって再会した。一日だけ会って、昔を思い出して、またそれぞれの生活に戻る。同窓会だ。

酒と握手がなかっただけだ。通知が遅くておまえに気持ちの準備がなかっただけだ。おれの悪ふざけを、あいかわらずだと笑ってもらうだけでもよかった。それでおまえは普段の小説書きの毎日に戻ればよかった。おれが女房を連れ戻しに里へ出向いたように。

書いても書いてもおれの肝心の気持ちは伝わらないような気がする。こんな気持ちは十年前と同じだ。おまえは物書きを仕事に選んだくらいで、こんな気持ちとは無縁かもしれないが、おれはなにしろ書くことに慣れてないからたいへんだ。相手がいて喋っていれば、気のきいた文句の一つや二つ、昔とった何とかで言えるのだが、書こうとするとだめだ。仕事とはいえ、おまえには同情を禁じえない。

おれは当分こっちで暮すことになる。女房の親の世話で仕事が見つかりそうだ。まったく気が重い。あんまり元気がないのはそのせいなのだ。おれに甲斐性がないのは生れつきか何なのか、こないだまで女房は別れるの別れないのといって泣いていたが、いまはもう諦めの心境だと言っている。おれもおれじしん諦めてる。人生を降りるとかたいそうな意味ではなくて、それを諦めなければ女房と子供二人を抱えてやっていけないような何かを諦めている。一つの決心のためには一つの何かを捨てることになるのだ、たぶん。なにもかも拾って身につけていくような、おれたちはもう子供ではない。

気のきいた文句を一つ言ったところで終りにする。何かとはどんなものか、具体的にはうまく説明できないが、気のきいた文句というのはいつもそういうものだ。あとはおまえが考えろ。考えて、具体的にうまく説明するのがおまえの仕事なのだから。

では元気で。おまえの叔母さんと恋人によろしく。またいつかふたりで会おう。

甲斐性なしの寺井健太

13

ゆるやかな傾斜のスロープを時間をかけて歩いた。

いましがた二台のタクシーが追い越して上っていっただけで、ぼくのほかにこの坂を歩く人影は見えない。左手に常緑樹の植込みが続き、右手には白いガードレール、県道と川を一つ隔てて、木立ちの向うに芝生のグラウンドが広がっている。ぼくはむかし、よく一人でそのグラウンドを訪れては、長編小説を書き悩んだ頭を整理するためにただやみくもに歩きまわった。三年ほど前のことがいまは遠い昔に感じられる。芝が緑ではなく藁《わら》の色をしたちょうどいまくらいの時期を、ぼくは小説のなかで恋人たちの出会いの場所に選んだ。

ゆるい坂を上りきったところに総合病院の入口がある。さきほど追い越していったタクシーが一台だけ、扉を開いたまま車寄せのそばに止っていた。看護婦が二人、風呂敷包みと紙袋を提《さ》げた女が一人、それから松葉杖をついた男が現われて、交互に何べんも何べんも頭を下げ合う。松葉杖を女が預かり、男が片足だけのスキップを踏んで車に乗り、女が荷物を押しこみ、くどいほど頭を下げて自分も乗り、扉が閉まり、車が動き始め、白衣の女たちが並んで手を振る。ゆるい坂道を上りつめれば、その先にはゆるい下りの坂道がある。タクシーはその道を下っていく。病院は、入院用と退院用の二つの坂道が交わる丘の上にあって、訪れる者はその坂を上らねばならず、去る者はその坂を下らねばならない。

身長の倍もあるガラスの重い扉を押すと、空気に匂いがついた。匂いを気にとめない白衣の女たちが行きかい、匂いに慣れた男や女たちが待合所の椅子でひたすら待ち、ぼくみたいに鼻のきく人間だけがまっすぐ受付へ歩く。受付でぼくは祖母の名前を言った。他人に向って祖母の名を口にしたのは、たぶん生れてはじめてである。しかし係の女は首をかしげて、その名前の患者さんはうちには入院していないと言う。もし横から記憶力のいい（あるいは職務熱心な）もう一人の女が助言しなかったら、ぼくは祖母の顔を見ずにそこで引き返せるところだった。

祖母が入院している病棟は、眼科ではなく内科だった。たしかに眼の手術は成功したのである。その代り老人の心臓に負担がかかったのだ。

ぼくは病室への道順を訊ねた。記憶力のあまりよくない（あるいは職務不熱心な）女がリノリウムの床を指さして、「青い色です」と言う。ぼくは視線を落した。受付の前に立ったぼくの足元が、色とりどりの誘導帯の起点だった。床に描かれた青い帯をたどって行けば、きっと心臓の弱った老人の病室に着くのだろう。それぞれの色に従って患者たちは、外科や婦人科や小児科や泌尿器科へと心の準備をしながら進んでいくのだろう。そして眼科へ行く患者は迷子になるのだ。

ぼくは青い帯に導かれるままに歩いた。受付から奥へまっすぐ歩き、左へ折れ、階段を二階分上り、窓のない白壁の廊下を通り、右へ曲り、渡り廊下に出た。渡り廊下の左側は膝ぐらいから上が窓になっていて、そこから見える景色のおかげでぼくはやっと方向感覚をとりもどした。窓の外には坂道があり、道路が走り川が流れ木立ちの向うに、グラウンドが見えた。

グラウンドでは二種類のユニホーム姿の子供たちが一つのボールを蹴り合っている最中だった。二十二人の子供たちの喚声がぼくの耳に届いたような気がしたけれど、それはたぶん錯覚だったろう。一枚窓に隙間はなかった。ぼくは立ち止って、無音のサッカーをしばらくながめた。木立ちにさえぎられているせいで、走り回る子供たちの姿はボールと一緒に現われたり、消えたりをくりかえす。見えないところにゴールがあるのは想像できた。しかし点が入ったのかどうかを判断するのはむずかしかった。

渡り廊下をすぎてさらにまっすぐ歩くと、青い帯がとぎれ、病室が両側に並びはじめた。ぼくは右へ左へと首をまわしながら、内臓に疾患のある人間たちの名前を読んでいった。はじめに読んだ名前をあらかた忘れてしまったころ、ぼくはめざす部屋の前に立っていた。廊下のいちばん奥の左側が祖母の病室だった。ぼくは一人きりで意味のない咳払いを二、三度した。

クリームいろのドアをノックしたが応答はなかった。もういちど叩いても中で動く気配はない。人気のない廊下に立って、折り目正しくこぶしで扉を叩いている自分が急にくだらなく思えて、ぼくはいきなりノブをつかんだ。入院患者の病室を訪れるときの礼儀作法というのがあって、やっぱり誰かが本に書いているのだろうか。ドアを開き、中へ一歩踏みこみながら、十年まえぼくの病室を訪れるとき医者は、看護婦は、扉をノックしただろうかそれともしなかっただろうかと考えた。目の前には白い布張りのつい立てがあった。

つい立てをまわると、グレイの応接セットが置かれている。その向うに、窓際から少し離れてベッドが据えてあった。ベッドのうえの患者は眠ったように動かなかった。実際に眠っていたのだから、むしろ死んだように動かなかったというべきかもしれない。応接セットとベッドの間には冷蔵庫とサイドテーブルがあった。反対側の壁にはエア・コンディショナーの装置があり、26インチのテレビがあった。エアコンは作動していたけれどテレビは死んでいた。試しにスイッチを入れてみたが、電源が切れているらしく、画面は生きかえらなかった。十年まえのぼくの病室に似ている。窓の外にはグラウンドが見渡せるはずだった。この部屋の位置からなら一方のゴールが見えるかもしれない。

ぼくはグレイの長椅子に腰をおろした。細長いテーブルの上には、白い花と赤い実をつけた枝が楕円形の花器に生けてあった。白い花の名前も赤い実の名前もぼくにはわからない。わかっているのは、たぶんそれを生けたのが母だということである。この長椅子は客との応接のためではなく、客が主人の目覚めを待たされるために置いてあるということである。ぼくは待った。

入口の扉が開いて、つい立ての陰からせわしない足どりの、白い上っ張りを着た中年の女が現われた。ぼくは腰をあげた。白粉気のない短い髪の女は、片手に紙袋をさげたまま無言で御辞儀をする。祖母のいちばん新しい家政婦かもしれず、病院の付添婦かもしれず、あるいは帽子を忘れた看護婦かもしれなかった。女は紙袋を空いた椅子の上に投げるように置くと、スリッパを鳴らしながらベッドのほうへ歩いた。無理に起さなくてもいいと声をかけたけれど、耳に入らぬようである。ぼくはふたたび腰をおろし、それから、落ち着かぬまま、ふたたび立ち上がった。女が振り向いて、どうぞと、スリッパの音に似合わない小声で呼んだ。

しかし患者は最初に見たときと変らず、死んだように動かなかった。ベッドのうえで半身を起すことさえ大儀なのにちがいない。

ぼくが近づくと、あなたがみえたら必ずお起しするように言われてましたからと女が弁解するように説明したので、患者が目覚めていることが推測できた。けれど、どうしてそのあなたがぼくのことだとすぐにわかったのかは、推測できない。患者は顔だけこちらに向けてじっと横たわっている。左眼をはずれかけた眼帯がおさえていた。眼の手術のことを、ぼくは本人にではなく女に訊ねた。女は、手術したのは反対側の眼だと教え、眼帯の位置をなおしながら、これはものもらいにかかっているためだと言った。患者が何か喋った。

女がからだを折りまげ耳を老人の口もとへ近づけ、ぼくが窓へと視線をそらしサッカーのゴールを確認する前に、女がベッドの脇にあった椅子を引いてぼくにすすめた。心臓が弱っていらっしゃいますから、とまた何かを弁解するようにつけ加えた。この中年女の喋り方は不必要に弁解がましく聞こえる。ぼくは椅子を断り、老人の染みの浮いた茶いろい顔から、薄くあいた茶いろい眼蓋《まぶた》としわの寄った茶いろい唇からできるだけ遠ざかるために、ベッドの端の方に腰をあずけた。ぼくの他にもう五、六人腰かけてもじゅうぶんなくらいベッドには空間があった。お金をかければかけるだけベッドは大きくなり、年をとればとるだけからだは小さくなる。老人が何かを喋り、耳を近づけた女が、そこではお顔が見えませんと通訳した。ぼくは立ちあがり、女の背後に場所を移した。女が椅子に腰をあずけて、また老人の口もとに耳を寄せた。ぼくは女の背中に訊ねてみた。

「祖母はぼくが誰かわかってるんですか」

「もちろんおわかりです」女は振り返って答えた。「冷蔵庫にコカコーラがあるとおっしゃっています」

「……欲しくないと言ってください」

「お母さんも夕方にはここへおみえになります」

「花を換えに」

「はい？」

「いや。眠らせたほうがよくありませんか」

「御気分がよろしいようです」

ぼくは老人の顔に視線を向けた。眼帯をしない方の眼は、あいかわらず薄眼をあけたように細いすきまが切れ込んでいるだけで、自分を視《み》つめる孫の顔がそこに映っているのかどうか判断できない。しばらく待ったが茶いろい眼蓋はそれ以上開こうとも閉じようともせず、ぼくは先に視線をそらした。もう少し窓へ近寄らないとグラウンドのゴールは眼に入らないようだ。

祖母と孫との間にすわった女が言った。

「みなさんお元気でしょうか」

「誰のことですか」

「桃子さん」

「見舞いに来たでしょう」

「おみえになりました。いちどだけ」と女が通訳の手間をはぶいて答えた。

「益夫くんも一緒に？」

「どなたですか?」

「桃子の夫です。両親と学歴がないから祖母は嫌ってたんです。彼と結婚するなら勘当すると言った。桃子は彼と結婚しました」

「あたくしにはよくわかりませんが」

「祖母はわかってるはずですよ。伝えてください。あなたが心配しなくてもみんな元気だって」

中年女は何度もまばたきをしながらぼくを見返しただけで、祖母に伝えようとはしなかった。

「心臓がおわるいんです」

「気分がいいんでしょう?」

「あなたがおみえになったからですよ」

心臓の悪い老人にも間に入った中年女にも、どちらへそうしてもはじまらないと思いながら、ぼくは苛立《いらだ》ちをおぼえた。

「みんなが行けとすすめたんです。叔母や桃子や益夫くんが」

「あたくしにそんなことをおっしゃられても」

「祖母に言ってください」

女は顔を患者のほうへ向け、それからまたぼくを見て言った。

「もうお帰りになったほうが……」

「祖母がいま何か言いましたよ」

「お疲れになっています」

「ぼくを帰せと言ったんですか」

「血のつながりのある者だけが頼りにできるとおっしゃいました」

「血のつながりなんてぼくは信頼しないと伝えてください」

「そんなこと言えません」

しかし祖母は孫の声を聞き取っていた。声でなければ何かを感じ取っていた。老人の眼蓋はかすかに開き、そしてまたかすかに狭《せば》まった。女が耳を近づけてからぼくを振り向き、つらそうに口を開いた。

「御心配になっています。あなたが、憎んでいるのではないかとおっしゃっています」

「憎んではいません」とぼくは言った。

「憎んでおられませんよ」と通訳が大きめの声で伝えた。

祖母の表情に変化はなかった。ぼくはつづけて言った。

「でも好きにはなれない」

通訳が口を半開きにしたまま、ぼくのほうへ首をねじった。

「好きにはなれないと言ったんです」

「………」

ぼくはジャンパーのポケットをさぐった。暖房が効きすぎているようだ。ハンカチはしかし見つからなかった。毛布の下から老人の茶いろい手がのびて、女の腕に触れようとした。たぶん届かない。その手で相手をうながすことはできない。触れるまえに（それとも触れないまえに）、ぼくの眼のうごきで女は気がついた。老人の手を毛布のなかへ戻しながら、もういちどぼくの言葉を伝えた。

「お孫さんは、憎んでおられませんよ」

それから女は振り返って、弁解がましい顔つきをしただけで何も言わなかった。ぼくは手の甲をつかって、鼻の頭に浮いた汗をぬぐった。

「もう帰ります」

「お帰りになるそうです」

ぼくは窓の外を眺めるために二、三歩うごいて立ち止った。

「棚の上にチョコレートがあります」と女が呼びかけた。「好きなだけ持っていくようにとおっしゃいました」

窓の向うには期待通りゴールが見えた。しかし選手たちの姿はいまセンターラインの付近に集っていて、手もちぶさたの少年が一人ゴールポストのそばに立っているだけである。点が入るまでここにとどまるわけにはいかない。

「甘いのは苦手なんです」とぼくは通訳の女に言った。

「でも……」

「祖母はなにか勘ちがいしてるんですよ」

しかし女は何度かまばたきをしたあとで、弁解するようにかぶりをふって、それはお伝えできませんと言った。おばあさまはもうおやすみになりました。

＊

病院の玄関で、ちょうど通院患者を運んできたタクシーを拾って坂道を下った。

病院を出たときすぐ目の前にタクシーが止ったのは偶然である。ぼくと入れ違いにタクシーを降りた客が通院患者だとわかったのは、運転手が話し好きだったせいである。ぼくがタクシーを拾ったのは、バス・ターミナルまで空港からの客を出迎えるためだったけれど、別に時間がせまっていたわけではない。時間的には歩いてもじゅうぶん余裕はあったが、距離的にいって脚力に自信がなかっただけの話だ。それに祖母のことを考えながら脚を棒にするよりも、ターミナルの近くのパチンコ屋で気をまぎらわせる方を選んだということもある。

出迎える客は東京の女性編集者で、ぼくは彼女にわずかな期待をよせていたかもしれない。女性だからというのではなく、編集者に会うとき期待をよせぬ新人などいないだろう。それからパチンコの出玉にも期待はあったと思う。いつも裏切られるけど性懲《しょうこ》りもなくあったと思う。しかし、正直に言って、他にはなかった。むかし競輪に通いつめていた頃もそうだったが、ときどきぼくは予感という言葉を辞書から消したくなることがある。

行き先を聞いた運転手は、坂道を下り、バス・ターミナルの方向へ車を向けながら言った。

「お客さん、どっかお悪いんですか」

「いや」

「お見舞い」

「そう」

「入院ながいの？」

「たぶん。心臓だからね」

「たいへんだな……身内の人？」

「……」

「さっきのお客さんね」

「はい？」

「いやさっき病院で降りたお客さん」

「ああ」

「子供の耳のなかにハエが三匹入ってたんだって。病院に行くまで一カ月気がつかなかったんだって。信じられる？」

「子供連れじゃなかったよ」

「うん、それは去年の話。あの人は腎臓を悪くして、入院して手術して退院して、もう四十日通院してるんだって。腎臓ってつらいらしいですよ。味のあるものが食べられなくて」

「信号、青みたいだけど」

「いけね」

「別にいいけど、あすこに交番が見えるから」

「急ぐんでしょ？」

「いいよ近道なんかしなくたって」

「八十円ちがいますよ」

「へえ」

「十年まえならハイライトが一個買えた」

「運転手さんいくつ？」

「26。なんだこのバス……、お客さんは？」

「29。若いんだね」

「若くないですよ。ハハ、あめんぼか」

それでもまだ、ぼくは気がつかなかった。タクシーは大通りをそれて一方通行の細道に入っていた。タクシーの鼻先にマイクロバスが停車していて、その背中に書かれた赤い文字を、運転手は声に出して読んだのだった。道の左側に一段高くなった歩道があり、歩道から手すりで仕切られた急な石段が車の進行方向へ向って斜めに伸びている。黄いろい帽子の子供が石段を駆けあがり、歩道に立って手を振る若い女の後姿がバスの陰になって半分ほど見えた。

「あめんぼ幼稚園か」

と運転手がもういちど呟き、ぼくがゆっくり思い出し、女が横顔を一瞬見せてバスに乗りこむのとほとんど同時だった。バスが動き出し、タクシーが後を追うように走り出した。

「変った名前だな。うちの姪《めい》っ子が通ってる幼稚園はね、きくのか幼稚園ていうんですよ。菊の香りって書くんだって。幼稚園の子供に読めるかっておれは思うんだけど。あめんぼって水すましみたいなもんですよね」

「…………」

「ちがったっけ」

マイクロバスのブレーキ・ランプが灯り、ふたたびタクシーは止った。

「すいません。どうも、かえって時間がかかるみたいで」

「…………」

「どうかしましたか」

「いや。かまわないよ」

道の右側に公園の入口が見えた。黄いろい帽子が五、六人まとめてバスを降り、そのうちの二人が母親の出迎えをうけた。バスから一緒に降りた若い女は母親に会釈をし子供に手を振る。それから残りの子供たちの肩に、帽子に、背中に手を触れて見送ったあとで、女はバスの後のタクシーに気がついた。運転手に向っていちど頭を下げてからバスに戻った。女の視角にぼくの顔は入らなかったようだけれど、ぼくの眼には彼女の顔がはっきり見えた。マイクロバスがまた走り出し、しかしタクシーはすぐに後を追わずに、運転手がほんの少し首を傾けて感心するようにつぶやいた。

「きれいな人だなあ……、見ましたか」

「見たよ」

「いまのが保母さんだなんて信じられますか」

ぼくには他に保母の知り合いがいないので、このときの運転手の台詞《せりふ》は理解できなかった(いまもよくわからない)。ぼくは何も答えなかった。タクシーがやっと走り出し、じきにマイクロバスに追いつく。一方通行の道がつきて三叉路があった。バスは左へウインカーを点《つ》けた。運転手が悔しそうに言った。

「ターミナルは右です」

「あ、ちょっと……」

「どうします」

「いや、そのままでいい、右へ」

バスは左へ曲り、タクシーの運転手は右へおもむろにハンドルを切った。

「お客さん、まだ独りですか」

「うん」

「……」

「君は……?」

「はやまったと思いますよ、ときどき」

それから目的地まで二人の男は寡黙《かもく》になり、おのおの物思いにふけった。

14

その夜、六軒目か七軒目か八軒目かに BECAUSE の扉を押した。たぶん閉店時刻の二時をまわっていたのだろう、店のなかは静まり返り、客は若い男が一人しゃがみこんでカウンターの椅子にへばりついているだけだった。店の女の子が二人、男の肩に手を添えて介抱している。ぼくは酔っていた。看板の灯りが消えていることに気づかぬ程度に酔っていた。入口に近い席にすわるとすぐに、叔母がおしぼりを渡しながら言った。

「そうとう飲んでるね」

「ぜんぜん飲んでません」

しかしおしぼりはぼくの手を逸《そ》れてカウンターのうえに落ちた。

「もう閉店だよ」

「あすこに客が一人いるじゃないですか。へたりこんで吐いてるのが」

「………」

「床が汚れますよ」

「吐いてるんじゃないよ」と叔母がグラスをぼくの前に置いて言った。「ゆりえちゃんがコンタクトレンズを落したんで、みんなして捜してるんだよ」

グラスを口にあてながら、もういちど三人の様子を見守った。男がしゃがんだままこちらを振り返って見た。男が眼鏡をかけているのと、グラスの中身が水だということがぼくにはわかった。

「寺井から手紙がきました」

「もう一杯のむかい？」

「いらない。あいつ女房の実家に居候《いそうろう》してるそうです」

「ジャンパーの袖口なんかで……ハンカチで拭《ふ》けばいいじゃないの」

ぼくは手の甲と手首とで、口もとを拭《ぬぐ》いなおした。

「病院へ行ってきました」

「知ってるよ」

「おふくろが電話したんですね。長くないですよあの人」

「あんたが来てくれたってずいぶん喜んでたそうだよ」

「いっときますけど、ぼくは冷たかったですよ。あの人がむかし……むかしそうだったみたいに……」

「それでいいんだよ」

「ほんとにいいんですか」

「いいよ」

ぼくはジャンパーのポケットから煙草を引っぱり出して、なんとか一本くわえることができた。叔母がマッチを擦《す》ってくれた。先の燃えたマッチの軸が叔母の指から灰皿に落ちるのをぼくは確かめた。

「小説を書けといわれました」

「書いてたんじゃなかったのかい」

「他の出版社から」

「認められたんだね」

「そうじゃないんです。そんなことはどうでもいいんだ」

「あんたのやりたいようにやればいい」

「でも……」

「誰もあんたのことだけ注目してやしないよ」

「……」

「その代り誰も助けてくれない」

「でも叔母さんはいつも助けてくれました」

「ただ見てただけだよ」

「あった」という声がして「あった?」という声がして「ほんとだ」という声がして「見つかったの?」と叔母が訊いた。コンタクトレンズが見つかったことがぼくにはわかった。若い女の子が同僚と叔母とぼくとに一言ずつ挨拶して、最後の客と一緒に帰っていった。年かさの方の女の子がカウンターのなかに戻って、最後の客のグラスと灰皿を片づけ、叔母とぼくのそばへ近寄ってきた。「ゆりえちゃんも、もういいよ」と叔母が言った。それには「はい」と答えてから、「ねえ、わかったの?」と、ゆりえちゃんと呼ばれた女がぼくに訊いた。

「何が。いまの客が聖子ちゃんの彼氏だってことか」

「謎の電話番号よ。ほら、あめんぼ幼稚園」

「ああ、わかったよ。ぜんぶじゃないけどだいたい謎は解けた。でももうすぐぜんぶわかる。もうすこし手がかりがあればあとは解釈できると思う。どんなふうに探偵が手がかりにたどりつき推理したかはまたそのとき教えるよ」

聞き終えると、相手は幼稚園の保母のように微笑んだ。

「よかったわねえ」

「ぼくそんなに酔ってないぜ」

「うん、じゃまたね。ママお先に」

そして誰もいなくなった。叔母が自分のグラスを取り出して、ウイスキーのボトルから日本人女性の指二本分くらい注いだ。ぼくの前には依然として空のグラスが置かれていることがわかった。

「彼女を見つけました」

「……」

「そんなに驚かないで下さい」

叔母はグラスの中身を口にふくんで、ちょっと顔をしかめた。

「どうして黙ってるんです。何を考えてるんです」

「はやく部屋に帰ってお風呂で暖まりたいと考えてるんだよ」

「あした彼女に会いに行きます」

「誰も止めやしない」

「叔母さん……」

このとき、ぼくは確かに何か言いかけた。けれど、叔母がボトルを傾けて、ぼくのグラスに日本人女性の小指二本分くらい注ぐのを見守るうちに、何を言いたかったのか忘れてしまった。

「これが最後だよ」と叔母が言った。

ぼくは最後のウイスキーを喉の奥へほうりこんだ。叔母がぼくと同じことをした。

「帰ります」

「おやすみ」

ぼくはカウンターに両手をついて立ちあがり、椅子を引き、椅子を押し、叔母に背中を向けて歩き、入口の扉を半分開けたところで振り返った。

「いまの彼女はどんなですか」

しかしぼくの耳は叔母の答えを聞かなかった。ぼくの眼には、叔母が両手で髪の毛を後の方へ持ちあげ、うるさそうに首をひと振りするのが見えただけだった。

*

色の薄いまっすぐな髪が肩までのびていた。ふだんは後で束ねていたけれど、ぼくが初めて会ったときにはそうではなくて、実際の年齢よりも大人びて見えた。一重まぶたの、そのくせくっきりしたアーモンド形の眼で、誰もが間近で見てはじめて、二重でないことに驚くのだった。肌のことを言うものは誰もいなかった。ぼくたちはまだ十代で、女に肌のつややこまやかさを求める種類の好色には縁がなかった。からだつきは、見た眼にもっとかたかったような気がする。ぼくたちの骨格がまだ少年のおもかげをとどめていたように、やわらかさのきざしだけが彼女の肩や腕や腰にあった。しかし、それが十年まえの、彼女の本当の姿なのかぼくにはわからない。いま、水いろの手すりの向うで、冬の遅い朝の日射しをあびながら縄とびの一方の端を持って笑っている彼女を見て、ぼくがつくりあげたイメージにすぎないのかもしれなかった。少なくとも、ぼくがあのとき最後に見た彼女は髪を短く切っていたし、数カ月後には子供の母親になるためのからだつきをしていたはずだった。

何十人もの子供たちの声は、途切れ途切れに、しかしほとんど空白をおかずにまるで森かの小鳥たちの囀《さえず》りのように、ぼくの耳にとどく。ぼくは、葉を落した桜の木のそばに(腰までの高さしかない手すりの外に)立ちつくし、エプロン姿で子供の縄とびの相手をしている女を眺めて飽きなかった。女が腕を振りあげるたびに、肩までの長い髪は片方へ小さく跳ね、女が腕を振りおろすたびにもとへもどることをくり返した。そしてそのたびに女の右脚は爪先立ちするように上へ伸びあがり、エプロンの裾から膝小僧をのぞかせる。女のくっきりした一重まぶたはさっきたしかにぼくの顔を認め、ほんの束《つか》の間視《み》つめたあとで、また子供たちへ笑顔をつくるために逸《そ》らされた。

水いろの手すりは少年野球のダイヤモンドほどの運動場を一巡りして、コンクリートの門柱のところで切れている。門柱にはあめんぼ幼稚園という文字を彫った銅板が埋めこまれてあった。できることなら、ぼくはきのうタクシーの運転手が彼女を見たように、見ず知らずの男として加島映子を眺めたかった。彼女の美しさを、ただ通りすがりの人間として眺めることができたらどんなに幸せかしれなかった。いまぼくと美しい保母との間を鉄の手すりが仕切っているように、ぼくと映子との間に十年の月日が横たわっていなければ……しかしそう考えることは無意味だった。彼女が美しい保母になるためには十年の月日が必要だったのだし、彼女にたどりつくまでぼくはすでに十年の月日を使ってしまったのである。

映子の腰に女の子が一人とりすがっている。彼女は笑いながら後を振り向いて、手招きで別の女を呼んだ。縄とびから解放された映子は女の子の前にしゃがみ、片手で頰を拭ってやり片手で頭を撫《な》でてやってから、砂場で遊んでいる仲間たちの方へ送り出した。しゃがんだまま女の子の様子をしばらく見守り、それから首をひねってぼくを眺め、また砂場の子供たちへ顔を向ける。やがて、両腕を交叉させ二つの手のひらで二つの肘を抱くようにして立ちあがり、ぼくの方へ向って一歩一歩あるきはじめた。彼女の表情は最初ぼくには確かめられなかった。ぼくは歩いてくる彼女の姿ではなく、砂場の子供たちを、延々とつづく縄とびを、その向うのベランダにあたる明るい日射しを見ていた。しかし途中でいちどうつむいた彼女は、次に顔をあげたとき、たしかに笑っていた。交叉した腕をほどいた女は、ぼくのすぐ前に立って、ぼくに笑いかけた。

ぼくたちは顔を見合せて喋らなかった。黄いろいセーターの上に淡いグリーンのエプロンを付けた女と、茶いろのスエードのジャンパーを着た男は、低い手すりを間にはさんで長いあいだ言葉を失っていた。けれど、それはぼくがそう感じただけで、実際にはほんの数秒のあいだのことだったかもしれない。先に言葉を見つけたのはぼくではなかった。先に十年の月日をさかのぼり、出来事の決着をつけ、また一気にいまの時間に立ちもどってみせたのは女の方だった。たぶん女の笑顔の方がずっと自然で、ずっと美しかっただろう。加島映子は笑いながら言った。

「……やっと会えたわ」

それでもぼくは口を開けなかった。映子がつづけてくれた。

「昔のまま」

「……？」

「さっきあなたに気づいたとき思ったの。あいかわらず。ちっとも変らない」

ほんとうにそうなら、どんなにいいだろう。ぼくは映子の視線の向きに気づいて言った。

「けさ部屋を出るときに迷ったんだけど。でも、他に着るものもないし。まさかネクタイをしめて会うわけにも……」

ぼくは何をどう喋ればいいのかよくわからなかった。この喋り方が馬鹿げていることだけがよくわかった。ぼくは途中で喋るのをやめ、うつむいて首を振った。

「どうしたの」

「何をどう喋っていいのかわからない」

「………」

「ずっと気にかかってたんだ。たとえば、映画の映って文字を見るたびに君のこと思い出したり」

女の陽気な笑い声が聞こえた。顔を上げると、映子はうなずいてくれた。まるで子供を安心させるようなうなずき方で、

「わかるわ」

と言ってくれた。

「野球の選手に真弓《まゆみ》という人がいるでしょう。あたしの友だちが小学校のとき真弓って名前の女の子にさんざんいじめられたせいで、その選手の名前を見たり聞いたりするたびにむかしを思い出すと言ったことがあるわ」

ぼくはためいきをついた。小説家としてぼくは、十年ぶりで会った男女にこんな会話などさせたくなかった。

「……こんなふうに、通りすがりみたいに会って話すことじゃないとも思うんだけど、でも」

「いいのよ」と映子が言った。「通りすがりみたいな会い方で」

「でも、ぼくはもっときちんとしたかたちで」

「小説みたいに？」

「………」

「よかったわね。本当に。あなたの夢がかなって」

「ぼくは君の夢を殺したよ」

映子はほんのちょっぴり顎《あご》を引いて、エプロンのポケットのなかに両手を入れた。

「子供のことね」

「…………」

「あれはあなたのせいではないわ」

「薬を飲ませたのはぼくだ」

映子はゆっくりかぶりを振って言った。

「もう忘れたわ」

「ぼくのことを思ってそう言ってくれるのはありがたいけど……」

「ねえ……」

と映子が静かにさえぎった。

「あたしはずっとあなたのことだけ思って生きてきたわけではないのよ」

「…………」

「だから」

「ぼくにもいろんなことがあったんだよ」

「もちろんよ。十年間だもの」

「話したいんだ、いろんなことを。君にあったことも聞かせてくれないか」

「いつか機会があったらね」

と映子は手すりに両手を置いてつぶやき、それから身体を入れかえて腰をあずけた。ぼくは映子の横顔を視《み》つめた。一重まぶたの眼尻のしわに、単なる時の流れではなく十年前のあの出来事の名残りを読むことができるだろうか。

「いまのことも話してみたいわ」

映子は、狭い運動場に、途切れ途切れのしかし決して空白をおくことなく声をあげつづける子供たちを見守っている。ぼくは彼女の横顔を視つめることをやめた。女の顔にしわを見つけても、それが女の美しさをそこなうことにはならない。ぼくは手すりに両手をついて身をすこし乗り出した。ぼくと映子の顔は同じ方向を見てほぼ同じ位置に並ぶ。

「寺井くんの子供もあのなかにいたのよ」

と映子が教えた。子供という言葉には別に意味は含まれていないようだった。もちろんぼくがそう聞いただけかもしれないけれど。

「そうらしいね」とぼくは言った。

「先日ここで、いまと同じようにして会ったの。奥さんの里で仕事を見つけると言ってたわ」

「何か他に言ってた?」

「あなたのこと?」

「うん」

「あいつきっと会いに来るぜ」

「……いつからここにいたの」

「今年の春」

今年の春――ぼくがでたらめな放蕩《ほうとう》生活を送っていたころだ。ぼくにとってはキャッシュ・カードと、この街の半分だけに暮す女たちが意味を持っていた時期だ。幼稚園のマイクロバスは夜は走らない。ぼくはこの街の夜半分に暮す女たちのことを、とくに由紀子のことをそれから叔母のことをすこし思った。

「それまでは博多の幼稚園にいたんだけど。あたし、この街が好きだから」

あんなことがあっても、とぼくは訊ねるべきだろうか。しかし映子はそれ以上考えさせてくれなかった。

「お願いして、ここを見つけてもらったの」

と言う。曖昧《あいまい》な表現だった。曖昧な表現を推敲《すいこう》することはぼくの仕事の一つである。

「叔母だね」

とぼくはつぶやいて、視線を変えなかった。縄とびが終り、なおも途切れ途切れの囀《さえず》り声はやまず、エプロン姿の女たちが両手を叩き合せ、両手でメガフォンをつくり、子供たちを呼び始める。映子がうなずいたのか、あるいはまばたきをして肯定の意味に代えたのか、それとも何もしなかったのかぼくは確認できなかった。

「あのときもお世話になったのよ。こっちの学校のことも、博多の新しい学校のことも、下宿から何から何まで」

「叔母は大口預金者だからね」

「お金のことだけじゃなくて」

しかし他に何があったのか、映子は説明する代りにこう言った。

「ひとりだけいればいいのね。信頼できる人間が、どこかで見守ってくれていると信じられる人間がひとりいれば幸せなんだわ。あのときのことを思い出すとなんとなくそう思うの」

ぼくは映子が喋ったことのなかから幸せという文句だけをつまみあげ、まるで砂の底に光るものを見つけた砂金採りみたいにたんねんに眺めた。

「いまは、どうなんだい？」

「え？」

「つまり、その、信頼できる人間……」

「ときどきお会いするわ」

「いや、そうじゃなくて、いまの君は」

砂場の向うのベランダから、誰かが映子の名前を呼んでいる。映子は手すりから離れて両手をはたきながら言った。

「いかなくちゃ。もうおひるの仕度。朝から夕方まで毎日、眼がまわるほど忙しいの」

「あの童話、子供たちに読んで聞かせるのかい」

「……？」

「もしわたしたちが、いつかおとなになることだけのためにうまれてきたのなら……」

映子は、ぼくが懸念した表情はすこしもみせず、陽気に笑って答えた。

「早すぎるわよ。あの子たちがもうちょっと大きくなってから……。あなたのほうは？　うまく進んでるの？」

と見えないペンを持って何か書くまねをする。

「むずかしいけど。まあ、なんとか」

「もう夢じゃなくて仕事だものね」

「……」

「期待してるわ」

「また、ゆっくり会えるね」

映子はにっこりうなずいて、挨拶代りにかるく手を上げるとベランダのほうへ向って駆け出していった。その後姿をずっと見守ったけれど、いちども振り返らなかった。

15

あくる日の午後、電話が二本かかった。

どちらの場合も呼出し音が一回鳴り終らないうちに受話器を取ることができたのは、机に向っていたからである。机の上には電話の他に、新しい五十枚つづりの原稿用紙とインクを入れたばかりの万年筆があり、吸い殻で半分ほど埋った灰皿があった。もう半分を埋めるための最初の煙草に火をつけたとき、重信編集者からの電話が鳴った。先日はどうも、とこちらから謝りかけるとすぐに、きょうは机の前にいたようだねと、見すかしたようにあちらが言う。ぼくは灰皿を引き寄せながらこたえた。

「ぼくの電話番号はもう手帳から消されてると思ってました」

「手帳のアドレスは一年ごとに書きかえることにしてるんだ。どうですか調子は？」

「あいかわらず、困ったもんです」

「………」

「このままでは本当にだめになるような気がします」

「一つ忠告しておくけど」

「なんです」

「そういう曖昧な表現はつつしんだ方がいい。弱気になるのは勝手だが、もっと具体的な描写を心がけるべきだ。きみは小説家なんだから」

「………」

「じつはきのう、週刊誌の編集者という人が訪ねてきたので会いました」

「光武《みつたけ》という女の編集者でしょう」

「美人のね」

「ぼくはそうは思わなかったな」

「編集者にしては品がある」

「それは認めてもいいです」

「きみに連載小説を頼みたいそうだ」

「わかってます。東京の編集者はよってたかってぼくをつぶす気でいるんだ」

「どういう意味だい、それは」

「だって、ぼくはいま長編小説を一つ書けなくて絶望しかかってるところなんですよ」

「光武女史はきみの処女作に惚《ほ》れこんでるよ」

「それは、わざわざ東京から出向いてくれたわけですから……」

「それはぼくが一度もそちらへ行かないという皮肉ですか」

「ちがいます。ぼくはただ、いまの状態では……」

「いまの状態はもちろん改めるべきだよ。このままでは、少年は札幌まで行き着くどころか関門海峡を渡ることさえおぼつかない。気長に少年が歩き出すのを待ってた日には、こちらも仕事にならない。ぼくの勘だが、いまの状態がつづけばきみはきっと投げ出しそうな気がするんだ。そして消えてしまう」

「……ぼくもそんな気がします」

「いまの状況をなんとか打開しなければならない」

「はい」

「それでぼくも少し考えた。こう思うんだよ。きみは新人の小説家だ。新人の小説家は走り高跳びの選手に似てる」

「重信さん……」

「まあ聞きたまえ。新人は一つバーを越えると次にまたそれより高いバーを越えなければならない。つまり、少しずつバーの高さを上げながら、次々に新しい作品にチャレンジしなければならない。ところがきみは、デビューして二つめの長編で、はやくもバーの高さに立ちすくんでいる。おそらくきみの眼には棒高跳びのバーのように高く見えるんだと思う」

「……たとえて言えば、そういうことです」

ここでぼくが煙草を消し、相手が煙草を点《つ》ける気配があった。

「うん。それがわかれば打開策はおのずから出てくる」

「どうすればいいんです？」

「決ってるじゃないか。バーを下げなさい」

「どこまで」

「きみがいまベストをつくして跳べるところまで」

「すいません、今回の長編もベストをつくさないわけじゃないんです。……でも、バーを下げろと言われても見当もつきません、もっと具体的に言ってもらわないと」

「さっきも言ったように……」と重信編集者の声は途中から急に小さくなった。たぶん煙草のけむりを吐き出すために横を向いたのだろう。それからまたもとに戻ってつづけた。

「……きみの領分だよ」

ぼくは文脈を想像で補ってこたえた。

「もちろん、さっきおっしゃったように具体的に考えるのはぼくの領分ですが……」

「どう考える？」

「はあ」

「断らなかったそうじゃないか。考えさせてくださいと光武女史に言ったそうじゃないか」

ぼくはまだすこしためらいながら言った。

「原稿料が破格なんです」

「そりゃ文芸誌と女性週刊誌とではね。きみの生活が経済的に余裕のないことも知ってるよ。しかし、きみは光武女史に、それはいちばん重要なファクターではないとも言った」

「そういう言葉づかいはしませんでしたが」

「表現はきみにまかせる。でも意味は同じだろう？」

「はい」とぼくは素直に返事をして、同時にほぼ心を決めた。「自分の身に起った出来事なんです。また通俗小説って言われそうですが、いままでの空白が少しずつ埋ってきてるんです。その空白を書くことで埋めてしまわないうちは、いまより先へ進めそうにありません。だから書いてみようと思ってるんです。書けそうな気がします」

「じゃあ書きたまえ」

「……ぼくの言ってることがおわかりですか」

「わからない。小説家の作品はときどきわかるが、小説家の考えることはいつもわからない」

「………」

「しかし、いまきみは書けると言った」

「書けそうだと言ったんです」

「ではその高さのバーに挑戦したまえ」

「いいんですか」

「いいも悪いも、それがきみの仕事だろう」

「他の出版社の仕事ですよ」

「きみはきみだ」

「でも重信さんは待ってくれるんですか。代りの新人はどうなります？」

「待つさ」

「来年になるか、さ来年になるか、いつになるかわかりませんよ」

「いいですか」と相手は言ってしばらく黙った。たぶん短くなった煙草を消したのだろう。そしてつづけた。「ぼくはひとりの人間であるまえに編集者です。きみを友情から待つんじゃない。待つことも編集者の仕事のうちに入ると判断したから待ちます。もちろん他の新人の発掘にも努めるよ。それも編集者の仕事だし、小説を書いている青年はきみだけではない。でもぼくはきみも待つことにする。最初にぼくは編集者としてきみに賭けた。まだレースが終らないうちに降りるわけにはいかないからね。ぼくの言ってることがわかりますか？」

「だいたいわかります。編集者の言うことはいつもぜんぶは納得できない。でも感謝します」

「チャンスはそうたくさんないということを忘れないように」

「わかってます」

「ではまた、様子を見にときどき電話をいれます」

「来年の手帳にもぼくの電話番号を忘れないでください」

「もう暗記してるよ。さよなら」

「さよなら」


受話器をおろして、また煙草に火をつけた。考えるべきことがあって、もうすこしで結論が出そうなとき、ぼくはやたらと煙草をふかす癖がある。ぼくがいちばん数多く煙草を喫《す》うのはだから、新しい小説を書き出す前と、いま勘定を済ませて出てきたスナックの女の子に電話をかける前とである。二本目の電話は寺井健太からだった。ぼくの左手はまるで待ちかねた女の腕をつかむように受話器へ伸び、ぼくの右手はまるで一つの結論が出たように煙草を灰皿に押しつけた。

「もしもし。おれだ」

「ぼくです。かかってくると思ってたよ」

「誰かわかってるのか」

「奥さんと二人の子供は元気かい」

「……ああ。手紙は？」

「着いてる。こんど書く小説におまえみたいな、……手紙を書き慣れてない男が出てくるからそっくり使わせてもらうよ」

「じつは一つ書き忘れたことがあるんだ」

「それも使う。おまえの原稿料の取り分が字数分だけ増える」

「どこまで冗談なんだ？」

「電話番号のことだろ？　あめんぼ幼稚園の」

「……会えたのか」

「会えた」

ここで二人の男はしばらく沈黙した。気まずい沈黙でもなく、互いに相手の出方をうかがう沈黙でもなく、ただ単に言葉の要らない時間が流れた。こんな時間はむかしの二人には掃いて捨てるほどあった。

「話したか」

「ああ」

「よかったな」

「そう思うか？」

「それしか思わないよ」

「何を話したかよく憶えてないんだ」

「女と話したときはいつだってそうさ」

「話すことはぜんぶ話したような気もする。そんなにたくさんなかった」

「ひとことでもいいさ、話せば」

「わかったよ。もういい」

「よかったな」

ぼくは煙草の箱に手をのばした。しかし残り少なくなった中身を取り出すことはせずに、指先で二、三度、箱をひっくり返して遊ぶだけにとどめた。

「それで、彼女のことだけど」

と寺井が次の話題に移り、ぼくはそれが次の話題だということに気づくまでにもう二、三度、煙草の箱をひっくり返した。

「こないだあめんぼ幼稚園のことを電話で話した」

「……由紀子、矢田部」

「名前は聞かなかったけど」

「おまえが電話番号を教えるように頼んだんだろ」

「勘のいい人だな」

「……………?」

「知ってたみたいだぜ、おまえの……むかしのこと。おまえが自分で話すわけはないと思ったんだけど」

ぼくは箱からとび出した一本をつまんで口にくわえ、思いなおしてまた中へ戻した。

「叔母だよ。叔母に聞いたんだ」

「だろうな」

「きっとみんな自分の甥《おい》っ子や姪《めい》っ子に見えるんだ」ぼくはためいきとともに言った。「おれはおまえと叔母の関係も疑ってるよ」

「みんな自分の叔母さんに見えるんだよ」と寺井が言い返した。「おれはおまえと叔母さんの関係が羨《うらや》ましいよ」

「ときどきうっとうしくなる」

「相談を持ちこむのはおまえの方だろ」

「そっちは、何を頼まれた？」

「何も。叔母さんは何も頼まない。彼女に……由紀子さんに電話番号のメモをジャンパーのポケットにでも入れとくように頼んだのはおれだよ」

ぼくの口からまた吐息が洩《も》れた。

「彼女は頼まれた通り実行したんだ」

「たぶん気づいてたと思うな」

「何も知らないのはおれだけだよ」

探偵だけが知らされずに、残りの登場人物はみんな真相を知っていたというわけだ。シナリオを書いた叔母に脱帽しなければならない。寺井が訊いた。

「彼女どうしてる」

「………」

「うん？」

「おまえのせいじゃないから安心しろよ」

「だめになったのか？」

「最初からだめだったんだ」

「いつもそう言うよ、振られた男は」

「振られたわけじゃない」

「おまえは女を振るタイプじゃないよ」

「十年間かかってコツを覚えたんだよ」

「むかしみたいに喋ってるぜ」と寺井が笑いながら言った。「そう思わないか？」

「語彙《ごい》が増えたさ」

「言葉で女は口説き落せないと誰かの小説に書いてあったな」

「自分で試しもしないことを書く小説家が増えてる」

「おまえの小説だよ。もういっかい試してみろよ。取り得《え》は言葉しかないんだから。電話の応対を聞いただけでも、気立ての良さそうなひとだった。いまどきめったにいない」

「大きなお世話だ」ぼくは言った。「他人《ひと》の心配より自分の女房と子供のことをもっと考えろ」

「………」

「子供かわいいか」

「まあな」

「奥さんは」

「大きなお世話だ」

「電話で話せてよかったよ。もういっかい会いたいと思ってたんだ」

「むかしみたいにな。また会うさ」

「言っとくけど、こんど電話番号を教えるときはじかに教えろよ」

「叔母さんによろしく」

「奥さんにも」

「恋人にも」

聞こえないふりをしてぼくは最後に言った。

「もう言い忘れたことはないか」

するとと寺井が笑いながら最後にこたえた。

「原稿料を忘れるな」

*

「寺井くんの言う通りだよ」

とBECAUSEのママが二つのグラスにビールを注ぎ分けながら言った。

「会えただけでもよかったんだよ」

「でもまだ問題はいくつか残っています」

「そりゃ生きてるかぎり問題はあとからあとから出てくるさ」

「先のことじゃなくて、これまでのところ」

「これまでのところ」

と叔母はぼくの言葉をなぞって自分のグラスを握ると、眼でもう一つを取るようにうながす。ぼくは小ぶりのグラスを三本の指でつまんで眼の高さまで上げた。同じ仕草をして叔母が言った。

「お疲れさま」

「………」

ぼくの腕時計は六時二十分を指している。細長い店のほぼ中央の席にぼくが腰かけてビールをふくみ、カウンターをはさんだ向う側に叔母が立って同じくグラスを傾ける。店の女の子二人は奥のボックス席のソファにすわって化粧に余念がない。ぼくはグラスを持ったまま、若い女たちから中年の女へ視線を移して言った。

「いちど訪ねようと思ってたんですが、父が死んだとき……交通事故にあったとき父は車のなかに一人でいたんでしょうか」

叔母はグラスをカウンターの上に置き、甥《おい》の顔をまじまじとながめ、そして何も答えなかった。

「誰か助手席に乗ってた人間がいたんじゃないか、近ごろそう思うことがあるんです。もしそうなら……」

叔母は奥の二人をちらりと振り返ってやはり何も応《こた》えない。顎《あご》を突き出すように顔を上へ向けてコンパクトに自分の眼を映している女と、もう一人のまったく同じことをしている女から眼をそむけてぼくは言った。

「そうだったとしたら、あの人はそのときも新聞の記事をおさえるように手をまわしたはずですね」

「………」

「そして知らされなかったのはぼく一人ということになる」

「考えすぎだよ」

「そうでしょうか。考えすぎなのは叔母さんのほうかもしれませんよ。ぼくの神経はたしかに細いけど、でももう何を聞いても驚きません。叔母さんが何を隠していようと」

「何も隠しちゃいない」

「ぼくの知らないことを知ってるでしょう」

「いつも言ってるだろ。あんたがいま知らないことは無理に知らなくてもいいことだよ」

ぼくは黙ってビールの残りを飲み、叔母が黙って注ぎなおした。グラスのなかの幾千もの泡を眺めながらぼくは呟いた。

「あの写真、憶えてますか」

「あんたがウインクしてた……?」

「あのときからぼくの左眼は見えなかったんです」

「そうだったね」

「あれ以来、肝心な事は背中を通り過ぎてくような気がします」

叔母が自分のグラスに新しいビールを注いで言った。

「なに気取ってるんだい。肝心な事はいつも目の前にあるもんだよ」

「……」

「どうしても知りたいなら両眼を開けて見るんだね。その勇気があれば」

「だってぼくの左眼は……」言いかけたけれど途中で呑みこむしかなかった。「知りたいから叔母さんに訊《き》いてるんですよ」

「人にばかり頼らずに自分の眼を使いなさい」

「眼を開けて見れば見るほど自分が間抜けな探偵に思えてくるんだ。みんな真相を知ってるのに知らないのはぼく一人で」

「片眼しか開けてないからさ」

「……、もうわかりました。何も訊きませんよ。いつか自分でさがします」

叔母が髪の毛を片手で後へ払いながらビールグラスを手にとり、ぼくはジャンパーの袖口をめくって腕時計をながめた。さっきみたときから五分も進んでいない。叔母がすぐに気づいてくれた。

「誰を待ってるんだい」

ぼくは扉のほうをいちど振り向いてからビールを一口飲んだ。

「問題がもう一つ残っています」

「また失恋だね」

「しかけてるんです」

「いい娘《こ》だったけどね」

「いい娘です」

「あんたにはもったいなかった」

ぼくはまたビールを飲んで口を閉ざした。

「こういうとこで働く女の子には二通りあってね」と叔母がぼくの気を引くように言った。

「店のなかだけでひきたつ娘《こ》と、外で会うときだけ別人みたいにいきいきしてる娘と」

「……それで？」

「商売で成功するのは前のほうだけど、男で苦労するのは後のほうだね」

「あたしは両方だって言わないんですか」

「由紀子さんのことだよ。皮肉を言える元気があったら、また新しい娘《こ》をおさがし」

「こんどはそんな気になれません」

叔母が訊ねた。「どうして」

ぼくは答えにつまった。「だって……」

叔母が笑って言った。

「またビコーズかい」

「……？」

「だって……とほのめかすのは英語でビコーズって言うんだよ。女の台詞《せりふ》だよ」

「……この店の名前？」

「察してちょうだいってあたしがつけたんだけど」

「そうだったんですか」

「そうよ、何だと思ってたの」

「なぜならば」

「中学生じゃあるまいし」

カウンターの端っこでピンクいろの電話が鳴り出した。ぼくはジャンパーのポケットをさぐって煙草を取り出した。化粧中の女の子が一人立って、受話器をとる。

「いま何て言ったんです?」

「それで、こんどはどうしてそんな気になれないのかと訊いたんだよ」

「なぜなら……」

「なんだって?」

女の子がぼくを呼んだ。ぼくは煙草を置き、椅子を引き、立ちあがり、奥へ五、六歩あるいた。片眼のまわりだけ青い女が黙って左手で受話器を差し出し、右手で銀いろの爪の小指を立てて見せる。こちらも黙ってうなずき受話器を握った。耳にあてると、微《かす》かな息づかいと有線放送の音楽が聞こえる。「もしもし? あたし……」と相手の声が言い、受話器をあてないほうの耳にも同じ曲が聞こえることに気づくと、ぼくは口を開いた。

「この曲、何ていうんだっけ。『素直になれなくて』?」

「『ウイズアウト・ユー』」

という答えを、左耳と右耳とがそれぞれ受けとった。ぼくは、ボックス席でコンパクト片手にこっちを横眼で見ている女としばし視線を合せ、それから背中を向けて声を低めた。

「待ってたよ」

「………」

「やっぱり来られない？」

「………」

と相手はもういちど返事をためらう沈黙を間に置いてから言った。

「ひどいわ」

「………」

「手紙なんかよこして。あたし、こんなに上手に書けてる手紙をもらったの初めてだわ」

おそらくいま手もとにぼくの手紙を開いて電話をかけているのだろう。便箋《びんせん》がめくられる音を聞きとってぼくは言った。

「プロだからね」

「もうおしまいにするって約束じゃない」

「約束なんかしてない」

「どうしてこんな手紙を書くの」

「その手紙に書いた通りの理由だよ」

　ここでまた女が黙ったので、もういちど読み返すつもりなのではないかとぼくは心配した。そう長くはないけれど、読めば、二、三分はかかる手紙である。受話器を握ったまま二分も三分も、背中に女の視線を感じつづけるのはつらい。ぼくは相手の声をうながすための咳払いをして言った。

「また泣いてる？」

「ほんとなの？」と由紀子が訊いた。「書いてあることはぜんぶほんとなの？」

「いくら小説家でも手紙に嘘は書かない」

「まじめに答えて」

「ほんとだよ」

「ずっとそうだと言い切れる？」

　ぼくは上の歯を下の唇にあてて少し考えた。手紙を書き終えたときすでに結論が出ていたことをもう少し考えた。

「言い切れない」とぼくは言った。「またいつかぼくの眼は……」

「いつか、何？」

「いや、何でもない。正直に言うよ。ぼくは一つ諦めてることがある。どうしようもないことだから諦めて、耐えるしかない。誰にでも同じようなことはあると思うんだ。でもきみとのことは別だよ。すくなくともいまは別だと考えなおしてる。考えなおさないとつらすぎるよ。いままでは耐えてきたけれど、このさき耐えられないかもしれない。だって、……なぜなら、ぼくは」

「……なに？」

「手紙のおしまいに書いてある」

「……」

「忘れたのならもう一回読んでくれよ」

「五回も六回も読み返したのに……」

「もう一回」

「……読めないわ」

「頼むから」

「文字が見えないのよ」

「……また泣いてる」

「……」

「謝るよ。店が終るまで待つから会ってくれ」

「手紙が上手だから電話したんじゃないわ」

「わかってるさ。言葉だけで口説き落せるとは思ってない」

「二時まで一人で飲むの？」

「量を加減するよ」

「いつかみたいに酔っ払ってたらあたし帰るから」

「わかった」

「ほんとよ」

「そろそろ泣きやまないと仕事にならないよ」

「もう泣いてない。でもまたあとで泣きそうだわ」

「なるべく皮肉はひかえる」

女のためいきまじりの笑い声がぼくの耳に届いた。そのあとで電話は切れた。化粧を終った二人の女がぼくの背中をまわってカウンターのなかへ入る。ぼくは受話器をおろし、もとの椅子まで歩いた。待ちかまえた叔母が、からだをそらすように立ち、髪の毛を両手で後へ払いながら言った。

「ビールをもう一本だすかい？」

「いや、これを飲んだら帰ります」

叔母の横で別の声が訊いた。

「ねえ、わかったの？　電話番号の謎《なぞ》」

ぼくはビール二本分の支払いをすませ、立ったままで残りのビールをあけた。黄いろいアンゴラのセーターを着た眼もとの青い女が質問をくり返した。ぼくは釣銭をポケットにおさめて答えた。

「わかったよ、なにもかも」

「教えてちょうだい」

「やめとく、つまらないから。なあーんだ、て言いたくなるよ。探偵小説の最後の頁《ページ》と同じだね」

「でも知りたいじゃない」

「気持ちはわかるけどね。ママが何でも知ってるからあとで聞けばいい」

「冷たいのねえ」

「煙草を忘れてるよ」

ぼくは引き返して叔母の手からハイライトを受け取った。

「いいのかい？」と叔母が訊いた。

「なにがです？」

「なにをすればいいのかわかってるんだろうね」

「目的語はどうにか自分で見つけました」

「問題はそのあとだよ」

「わかってます。諦めて、耐えて、そして信頼する」

「なに言ってるの」

しかしぼくは叔母にくわしく説明することはできなかった。店の扉が開き、女の子たちが口を揃えて「いらっしゃいませ」と言い、叔母が振り向いてあとにつづく。いつものように、ネクタイをゆるめた男たちが連れだって入ってきた。BECAUSE のママはぼくの顔に視線を戻して小声で囁《ささや》いた。

「口より先に眼をしっかり開かないと」

「だいじょうぶですよ」

「頼りないからねえ」

「なんとかやっていきます」とぼくは笑いながら言った。「これでも叔母さんの甥っ子なんだから」

解説

荻原魚雷《おぎはらぎょらい》
（フリーライター）

デビュー作からずっと佐藤正午のファンという読者もいるかもしれないが、わたしはそうではない。にわかファンだ。

今から五、六年前、電子書籍端末を衝動買いし、使い方がわからないままストアで「エッセイ」の項目を検索してみた。当時、電子化された日本の作家の随筆集はそれほど多くなかった。何の期待もせず、画面をスクロールしていると、『象を洗う』というタイトルが目に飛び込んできた。内容がまったく想像できず、逆に興味を持ち、ダウンロードした。

読みはじめて数分後、佐藤正午の過去の作品をすべて読んでみたくなった。読めば読むほど、なぜ今まで手にとってこなかったのかと悔しくなる。来る日も来る日も、佐藤正午の過去の作品を探しては読み続けた。

本好きの友人には「今さら？」と呆れられたが、佐藤正午の新しい読者にはよくあることらしい。

その友人は野呂邦暢《のろくにのぶ》の小説（『愛についてのデッサン　佐古啓介《さこけいすけ》の旅』）の解説の文章に惚

れ込んで、佐藤正午のデビュー作から遡《さかのぼ》って読んだそうだ。

文体や構成力、登場人物たちの会話の巧みさ、ストーリーの緊張感といった佐藤正午の小説のよさは読んでみないとわからない。とにかく読み心地がいい。

前置きはこのへんにして『ビコーズ』の話をします。

主人公のプロフィール（年齢、職業、出身大学の所在地、長崎県在住）は、作者本人とよく似ている。

「昭和五十八年の秋にぼくの物語が活字になり、それからしばらくしてまとまった金が入ってくるとはじめて、友人たちはぼくを作家と呼んだ」

作中の「ぼく」のデビュー作が活字になったのは、佐藤正午が『永遠の1/2』ですばる文学賞を受賞した時期とほぼ同じ。デビュー作が売れ、印税が入り、「二千万の放蕩」「酒池肉林の百日」と呼ばれる生活を送る。

『ビコーズ』を読んでいると『放蕩記』という小説が何度となく出てくる。佐藤正午も同じ題名の小説を書いている（知ってるよって？　失礼しました）。

佐藤正午著『私の犬まで愛してほしい』所収の「一九八八年」に「それから、書きおろしの長編小説も出版される予定です。（中略）一九八六年に出た『ビコーズ』の前篇にあたる作品で、なぜ前篇の方があとから出るのかというと、後篇の評判が良かったからです」とある。

この前篇といわれる『放蕩記』は一九八八年ではなく、一九九一年八月に刊行されている。『ビコーズ』の刊行が一九八六年四月だから、約五年後にようやく本になったわけだ。

『正午派』では『ビコーズ』について次のように書いている。

「この作品は一九八五年三月に完成し五月から翌一九八六年一月まで週刊誌『女性自身』に連載された。つまり連載が開始されたときにはすでに『ビコーズ』というタイトルの四〇〇枚ほどの小説は出来上がっていた、そういうことになる」

ちなみに『女性自身』に連載していたときの題名は「ビコーズ　君を」だった。

『ビコーズ』は一九五五年生まれの作者が二十九歳のときに書いた小説であり、作中の主人公の年齢もほぼ同じである。

主人公が書きあぐねている「一つの偶然からピストルを手に入れた少年が、ある男を撃つために南の街西海市《さいかいし》から北の札幌まで旅をする」というあらすじの書き下ろし小説は『リボルバー』とそっくり。さらに「かつてぼくはその駐車場に勤める男を主人公にした小説を書いたことがある。正確にいえば書きかけたことがある」という作品は『王様の結婚』だろう。

とはいえ、『ビコーズ』の中でくりかえし語られる『放蕩記』と本の形になった『放蕩記』は同じものなのか。このふたつの作品が前篇と後篇の関係にあるのかすら怪しい。

共通の登場人物（編集者の重信誠太郎《しげのぶせいたろう》、恋人の由紀子《ゆきこ》など）はいるが、文体や作風がまったくちがう。

二十九歳の主人公は、編集者に「もうおさまったかと思ったけどね」と夜遊びを諫《いさ》められる。それにたいし「おさまりました。もう終りです。だいたい印税を使い果たしたんだから遊ぼうにも遊べない。それは『放蕩記』に書いた通りですよ」と答える。

くどいようだが『ビコーズ』の雑誌連載時の読者にとって『放蕩記』は架空の小説である。編集者は『放蕩記』のことを「あれ活字にしたのは失敗だったと思ってる」という。しつこいようだが『ビコーズ』が単行本化されたときですら『放蕩記』はまだ本になっていない。しかし、にもかかわらず、「当時のいきさつは（『放蕩記』にくわしく書いたので）くり返さないが」といった文章が作中に挿入されているのは断言はできないが、わざとだ。そうに決まっている。

虚実混交。根も葉もあるうそ八百。

『放蕩記』を未読の読者（あるいは一九八〇年代半ばの『女性自身』の読者）を想像しながら『ビコーズ』を読むと、「『放蕩記』ってどんな小説だよ」という気持になったのではないか。わたしはなった。是が非でも『放蕩記』を読んでみたくなった。

細かい話をすると『ビコーズ』には、初出の雑誌名が二度出てくる。

ひとつは「どんな女だって一冊くらい読んでるわよ。『ノンノ』だって『女性自身』だって本じゃないの」という由紀子の台詞である。

もうひとつは伏せておく。どこに出てくるか探してほしい。ヒントは「サフラン」。

最初に読んだとき、わたしは『女性自身』で連載していたことを知らなかったので「なんだ、この会話？」とおもった。初出誌を知ってから読むと、ニヤリとさせられる。そういう仕掛けがこの作品にはまだまだあるにちがいない。

逆に、初出から三十数年後の今の目でこの作品を読んで新鮮だったのはハイライトの値段である。

煙草の銘柄を書く作家は多いが、値段まできちんと書く作家は珍しい。

『ビコーズ』の現在のシーンではハイライトは一箱百七十円、十年前の回想シーンでは一箱八十円であることが記されている。ハイライトの値段の変遷を調べれば、物価およびだいたいの年代がわかる。

今、ハイライトは四百二十円です（二〇一八年現在）。

今の目でこの小説を読んだとき、二十九歳の新人作家の金銭感覚は、すこし異様におもうかもしれない。すこし、ではなく、かなり。

一九八四年ごろ、公務員の初任給が十一万二千八百円（大卒）。

主人公の「二千万の放蕩」は、今の金銭感覚だと「四千万の放蕩」と考えていい。二十九歳の作家が四千万円を三カ月の夜遊び（飲む打つ買う）で使い果たす。

もしわたしが担当の編集者だったら説教するとおもう。「せめて来年の税金分くらいは残しておけ」と……。

話である。

いちおう断っておくと『ビコーズ』は、後にバブルと呼ばれる時代のすこし前に書かれた
物価のちがいを意識して読むと、作品の印象が変わるかもしれない。

ストーリーとは関係ない補足（蛇足）ばかり書いている気もするが、佐藤正午の小説は細かく読んでいくと、当時の風俗や固有名詞（映画や曲のタイトルなど）の選択にも神経が行き届いていることがわかる。

再読する機会があれば、「ぼく」が中学三年生のとき——軟式野球部時代のことを回想するシーンに登場する「白いトレパンと白いシャツと白い野球帽の女の子」の台詞をじっくり読んでみてほしい。大事なキーワードが出てきます。

将棋でいうと、序盤に何の気なしに突かれたかに見えた歩《ふ》が、詰むや詰まらずの終盤に、突如、効いてきて、持ち駒を全部つかい切り、ぴったりと詰むかんじと似ている。将棋を知らない人にはわかりにくいか。

読み終わった後、「まいりました」といいたくなった。

佐藤正午　著作リスト（2018年7月20日現在）

★＝長編　●＝短編集または連作短編　○＝エッセイ集、その他
（単独著作のみとし、共著、アンソロジーなどは除いています）

1★　**永遠の½**
84年1月　集英社／86年5月　集英社文庫／16年10月　小学館文庫

2★　**王様の結婚**
84年12月　集英社／87年7月　集英社文庫

3★　**リボルバー**
85年11月　集英社／88年4月　集英社文庫／07年12月　光文社文庫

4★　**ビコーズ**
86年4月　光文社／88年5月　光文社文庫／18年7月　光文社文庫〈本書〉

5★　**恋を数えて**
87年2月　講談社／90年4月　講談社文庫／01年11月　角川文庫

6★**童貞物語**
87年3月　集英社／90年5月　集英社文庫

7●**女について**
88年4月　講談社
91年4月　講談社文庫（「卵酒の作り方」を追加収録して、『恋売ります』と改題）
01年4月　光文社文庫（『女について』と改題）

8★**個人教授**
88年12月　角川書店／91年9月　角川文庫／02年3月　角川文庫

9●**夏の情婦**
88年12月　集英社／93年3月　集英社文庫／17年8月　小学館文庫

10◯**私の犬まで愛してほしい**
89年6月　集英社文庫

11●**人参倶楽部**
91年4月　集英社／97年1月　集英社文庫／12年12月　光文社文庫

12★**放蕩記**
91年8月　講談社／98年2月　ハルキ文庫／08年10月　光文社文庫

13 ● スペインの雨
93年5月　集英社
01年9月　光文社文庫（「クラスメイト」を追加収録）

14 ★ 彼女について知ることのすべて
95年7月　集英社／99年1月　集英社文庫／07年11月　光文社文庫

15 ★ 取り扱い注意
96年12月　角川書店／01年7月　角川文庫

16 ● バニシングポイント
97年3月　集英社／00年2月　集英社文庫
11年9月　小学館文庫（『事の次第』と改題）

17 ★ Y
98年10月　角川春樹事務所／01年5月　ハルキ文庫

18 ● カップルズ
99年1月　集英社／02年1月　集英社文庫／13年1月　小学館文庫

19 ● きみは誤解している
00年5月　岩波書店／03年10月　集英社文庫／12年3月　小学館文庫

20★ ジャンプ
00年9月　光文社／02年10月　光文社文庫

21○ ありのすさび
01年1月　岩波書店／07年3月　光文社文庫

22○ 象を洗う
01年12月　岩波書店／08年4月　光文社文庫

23○ Side B
02年12月　小学館／07年7月　小学館文庫

24○ 豚を盗む
05年2月　岩波書店／09年3月　光文社文庫

25● 花のようなひと
05年9月　岩波書店／17年8月　岩波現代文庫

26○ 小説の読み書き
06年6月　岩波新書

27★ 5
07年1月　角川書店／10年1月　角川文庫

28★アンダーリポート
07年12月　集英社／11年1月　集英社文庫
15年9月　小学館文庫（「ブルー」を追加収録し、『アンダーリポート／ブルー』と改題）

29●幼なじみ（短編一編を収録）
09年2月　岩波書店

30★身の上話
09年7月　光文社／11年11月　光文社文庫

31○正午派
09年11月　小学館

32★ダンスホール
11年6月　光文社／13年11月　光文社文庫（表題作他短編4作収録）

33★鳩の撃退法〈上・下〉
14年11月　小学館／18年1月　小学館文庫

34○書くインタビュー 1
15年6月　小学館文庫

35○書くインタビュー 2

一九八八年五月　光文社文庫刊

光文社文庫

ビコーズ　新装版
著者　佐《さ》藤《とう》正《しょう》午《ご》

2018年7月20日　初版1刷発行

発行者　鈴木広和
印刷　堀内印刷
製本　榎本製本

発行所　株式会社　光文社
〒112-8011　東京都文京区音羽1-16-6
電話（03）5395-8149　編集部
8116　書籍販売部
8125　業務部

落丁本·乱丁本は業務部にご連絡くだされば、お取替えいたします。
ISBN978-4-334-77687-9　Printed in Japan

組版　堀内印刷